天敵のはずの完璧御曹司は、記憶喪失の身ごもり花嫁を生涯愛し尽くすと誓う

m a r m a l a d e b u n k o

JN052595

マーマレード文庫

目次

天敵のはずの完璧御曹司は、記憶喪失の身ごもり花嫁を生涯愛し尽くすと誓う

第一章　知らない夫との新婚生活……7
第二章　だんだん、恋に落ちていく……87
第三章　愛の記憶は消えない……157
第四章　そして、幸福な毎日を……233
番外編　染谷家のメリークリスマス……303
あとがき……318

天敵のはずの完璧御曹司は、記憶喪失の身ごもり花嫁を生涯愛し尽くすと誓う

第一章　知らない夫との新婚生活

頭が痛い。

眠りの中で、ぼんやりと頭痛を感じていた。

頭の深い部分に痛みがあって、ぐわんぐわんと内側から脳を揺さぶられるような不快感が続いている。

いっそのこと、握りつぶして消してしまいたいのに、それは叶《かな》わない。頭の中、脳の奥。

「……さん、沖野里桜《おきのりお》さん、聞こえますか？」

――何……？

低く落ち着いた男性の声に、ゆっくりとまぶたを持ち上げた。

目に入った光がまぶしすぎて、反射的に目を閉じる。

鮮烈な白。

ぎゅっと閉じた目の中に、まだ残光が映り込んでいた。

「沖野さん、大丈夫ですか？　私の声が聞こえますね？　聞こえていたら、私の手を握ってください」

左手に、人肌を感じた。

声の主の手と思《おぼ》しきものが、そこにある。

おそるおそる指先に力を込めると、周囲から息を吐く気配が複数伝わってきた。

いったい、何が起こったのだろうか。

さっき、一瞬見えた白いもの。

あれは、たぶん天井だった。天井のライトが、自分の真上にある。

そのせいでひどくまぶしく感じたに違いない。

「目を開けられますか？」

「……はい」

絞り出した声が、妙にかすれていた。

これは、自分の声。けれど、いつもと違う。

そう思ってから、気づく。

では、いつもはどうだったのか。わからない。今が通常と異なることだけがわかっていた。

ゆっくりと目を開けて、自分がベッドに横たわっているのを認識した。

あまり寝心地のいいものではない。

マットレスは妙に硬くて、枕はやわらかすぎる。

無意識に、ここは病院なのだと思った。

——だけど、どうしてわたしは病院にいるの？　事故に遭った？　それとも病気で倒れたの？

「沖野さん、ここがどこかわかりますか？」

「病院、だと思います」

目に入ったのは、温和な表情の男性医師だった。

首からネームプレートのようなものをかけているけれど、まだ目の焦点がうまく合わないせいで文字は読み取れない。

先ほどから聞こえていた声は、彼のものだった。

「それでは——」

「待ってください」

だが、問題がある。

ここがどこかよりも、もっとずっと重要なこと。

「なんでしょう」

「沖野というのは、わたしの名前ですか？」

――わたしは、わたしの名前がわからない。どうして？　そんなこと、ある？

当惑に声が震えた。

声だけではなく、唇も震えていたと思う。

指先がやけに冷たくて、不安がじわりと全身に広がっていく。

「里桜、何を言っているの。あなたは沖野里桜でしょ」

五十を過ぎたと思しき、上品な身なりの女性が急にベッドに近づいてきた。

女性は微笑《ほほえ》みをたたえているが、妙な違和感にうなじが粟立《あわだ》つ。

――この人、少し怖い……。

ベッドの上で、体を硬くすると相手がひくりと表情を歪《ゆが》ませた。

「覚えていないだなんて、悪い冗談はやめてちょうだい。お母さんよ、里桜」

「お、かあさん……？」

母親。

おそらく、自分にとって親しい存在だったはずのその人を、まったく懐かしいと感じられない。

そして絶望的な結論に、気づいてしまう。

——わたしには、記憶がない。

自分が女性であることはわかっている。

だからこそ、一人称は最初から迷うことなく『わたし』だった。

病院という施設についても、医師という職業についても理解している。

だとすると、個人の記憶だけがすっぽりと抜け落ちているのかもしれない。

「沖野さん、落ち着いてください」

医師が女性を軽く制止する。

「お嬢さんは、かなり混乱していると思われます。まずは、状況を確認してからにしましょう」

「ですが……」

「いいですか？　彼女は頭を強く打っています。どんな症状が現れてもおかしくありません。早急に対処しなければいけない問題がある場合も考えられます。ここは、私に任せてください」

壮年の医師がはっきり告げると、母だという女性が渋々ながらうなずいた。

「今日が何日かわかりますか？」

医師はこちらに向き直り、穏やかな声で尋ねてくる。

「今日、は……」

数年前に年号が変わったのは知っているけれど、今がいつなのかまったく思い出せない。

春なのか、夏なのか。それとも秋か。

冬でないことだけは、病室にいる人たちの服装から察することができた。

けれど、医師が尋ねているのはそういうことではない。

目の前の情報から判断するのではなく、今日が何月何日か。

記憶から回答せよと言われているのだ。

「わかりません」

「そうですか。では、念のためお尋ねします。あなたは、自分の名前がわかりますか？」

決定打だ、と思う。

それがわからないことで、自分は記憶喪失であると判断されるのだろう。

――だけど、わからない。さっきから聞こえてくる沖野里桜という名前が、自分のものだと思えない。

息を吐いて、ゆっくりと口を開いた。

「……いいえ、わかりません」

医師の背中越しに女性が「なんてこと！」と嘆く声が聞こえてくる。

だが、嘘《うそ》をついても意味はない。

わからないものは、わからないのだ。

「やはり、記憶が混濁しているようですね。ご自身のことや、ご自身が本来認識していたはずの知識は失われているようですが、病院や医師といった知識はある。あなたは現在、自分についての記憶を喪失していると考えられます。詳しくは、このあと検査を行って確認しましょう」

「はい」

返事をしながら、まだ疑問が胸に渦を巻いている。

記憶がない。

けれど、ほんとうにこれは記憶を失っているということなのだろうか。

「あ、あの……っ！」

「どうされましたか？」

「頭を打ったというのは、何があったんでしょうか。事故に遭ったんでしょうか……？」

「失礼、その説明がまだでしたね。沖野さんは、歩道橋でつまずいた女性を助けて自分が転落したそうです。その際に、頭だけではなく全身を打撲しました。骨折等はないようでしたが、ほかに痛いところはありますか？」

歩道橋から転落というのは、おそらく階段を転げ落ちたという意味だ。

看護師がベッドを少し起こしてくれたので、点滴のつながった左腕が目に入った。

名前も声も、腕さえも、それが自分であるという実感に乏しい。

それでも、自分はおそらく沖野里桜で間違いない。

——わたしは、沖野里桜……。

「痛いところはありません。もしかしたら、今はまだ気づいていないだけということもあるかもしれませんが……」

「その可能性はあります。二十四時間、目が覚めなかったことも考慮し、検査が終わるまでは入院を続けてもらいます」

自分で思うよりも、ひどい状態だったのか。

二十四時間も目を覚まさなかったというのなら、母を名乗る女性が心配するのも当然だ。

——だけど、あの人は心配しているとも……少し違う気がする。

上品そうに佇《たたず》んでいるが、あくまで体裁を取り繕っているようにも見えて。

彼女の隣に立つ男性が、自分の父親なのかもしれない。

しかし、男性のほうは里桜が意識を取り戻してから、まだひと言も発していなかった。

「それでは、お父さん、お母さん、里桜さんは今から検査がありますので、できれば刺激の強い会話は控えていただいて」

医師がそう告げるのを聞き、やはりあの男性が父親なのだと納得する。

ふたりは無言でうなずくと、準備のために部屋を出ていこうとする医師がベッドサイドから離れたのを見て、こちらに近づいてきた。

びく、と体がこわばる。

両親だと説明されていても、知らない人に違いはない。

「里桜、ほんとうに何も覚えていないのか？」

父親が、重々しく口を開く。

「あなた、刺激の強い会話はやめてって先生が」

「何が刺激だ。家族なんだから心配して当然だろう。まして、里桜は――」

「あなた！」

父の言葉を母が強く遮った。

まして、里桜は。

その続きはなんだろう。

――わたしは、両親にとって問題のある娘だったのかもしれない。

たとえば学校で問題を起こしているだとか、家庭内に自分が原因の不和があっただとか。

そう思ってから、沖野里桜という自分が何歳なのか知らないことに気づいた。

学生か、社会人かもわからない。

もしも会社に勤めているなら、今回の事故で周囲にも迷惑をかける。

「あの、わたしは……」

言いかけた里桜の耳に、突然病室のドアが開く音が聞こえた。

「里桜!」

全速力で走ってきたかのような、苦しい息の下、低く甘い声が名前を呼ぶ。

――あの人は、誰？

ドアの向こうに立っていたのは、すらりと背の高い男性だ。

年齢は、三十を過ぎているだろうか。

少し乱れてはいるけれど、仕立ての良いスーツを着ている。

肩幅が広く、顔が小さい。

前髪が汗でひたいに張りつき、優しそうな目がじっとこちらを見つめていた。

端的にいって、かなり整った顔立ちの男性である。

――わたしの名前を呼んだ。それに、家族しかいない病室に駆け込んできた。この人は、わたしの兄、とか……？

そんな予想が、一瞬で覆される。

病室に足を踏み入れた彼に向かって、両親が目尻《つ》を吊り上げた。

「入らないでくださる？　どういうつもりで娘の病室へ来たのかは知りませんが、無関係な方に立ち入られる理由はありません」

「これだから、染谷《そめや》の人間は常識がないというんだ。うちの娘にこれ以上関わってもらいたくない」

両親が、ふたり同時に強い拒絶を示した。

何が起こったのかわからず、里桜はびくりと体をこわばらせる。

――そめ、や？

染谷と呼ばれた男性が、じっとこちらを見つめていた。

——どうして、そんな目でわたしを見るの……？

今にも泣き出しそうな、それでいて何かを激しく渇望するような、相反する感情が彼の目に宿っている。

けれど、両親よりもずっと——優しい目をしていた。

少なくとも、彼は心から自分のことを心配してくれている。

何も思い出せないのに、そう思った。

走ってきたと思しき彼は、手の甲で軽くひたいの汗を拭って、両親に頭を下げた。

「ご無沙汰しています、沖野さん。ですが、私は彼女と無関係ではありません」

「なっ、何を……」

彼は緩めていたネクタイを直すと、表情を引き締める。

汗だくだというのに、こんなにすぐ呼吸が整うのは鍛えている証拠かもしれない。

「私は、彼女の、染谷里桜の夫です」

里桜につながれた機器から、ピッピッと規則的な電子音が響く。

「お、っと……？」

沈黙を破ったのは、自分の声だった。

「そうだよ、里桜。きみは沖野里桜じゃない。染谷里桜なんだ」

染谷と呼ばれた男性が、胸が痛くなるほど優しい目をして微笑んだ。

せつなさに、里桜は小さく息を呑《の》む。

――夫ということは、わたしはこの人と……染谷さんと、結婚していたということ？

自分の年齢さえわからないのに、既婚者だったことが判明する。

「ご、ごめんなさい。覚えてないんです」

「夫だと名乗ったら、看護師さんが教えてくれたよ。僕は柊斗《しゅうと》。染谷柊斗、きみと結婚したばかりなんだ。それにね、里桜が記憶を失っていても、何も変わらない。僕は里桜を愛している。きみが僕を忘れてしまったとしても、もう一度愛してもらえるように努力しつづけるよ」

だから心配ない。

そう言って、彼は微笑んだ。

ほんの少し話しただけで、彼の優しさが伝わってくる。

この人は、大丈夫。

信じても大丈夫、そう思った。

だが、沖野の両親は違う考えらしい。

「ふざけないで！　里桜は結婚なんてするわけないわ。あなたがうちの娘を騙《だま》したのよ！」

金切り声をあげて、母親が目を吊り上げる。

病室でこんな大きな声を出すのは、あまりにマナーが悪い。

「そうだ。里桜が親を裏切るはずがない」

父親も、負けじと怒号した。

少しずつ視界がクリアになってきていたのに、ふたりの声で反射的に目を閉じる。

彼らの声を聞くと、なぜか体が硬直してしまう。

親に対してそんなふうに思う自分は、どこかおかしいのだろうか。

——理由なんてわからない。ただ、体がこわばって、心臓が恐怖にすくむ。わたしは、この人たちが……怖い。

怒鳴られた柊斗は、動じることなく穏やかな表情で彼らに向き直る。

「そう思われるのはご両親の自由です。ですが、彼女は荷物を持っていませんでしたか？　数日分の着替えや身の回りのものが入っていたのではありませんか？」

「っっ……、それは……」

母と名乗った女性が口ごもった。

――荷物？　着替えに、身の回りのもの……？

話が呑み込めなくて、かすかに首を傾《かし》げる。

結婚したばかりだと、柊斗は言った。

しかし、両親はそれを知らない。

家族にすら祝福されず、反対されるふたりだったということだろう。

――荷物って、わたしは家族と暮らしていた家から逃げ出したということなの？

そこに考え至った瞬間、

「貴様には関係ない！　里桜はうちの娘だ。娘の結婚を親が知らないなどあるものかッ！」

父親が、顔を真っ赤にして叫んだ。

数秒遅れて、母親も顔を歪ませる。

「そ、そうよ！　これだから染谷の人間は汚いのよ！　里桜、あなたも絶対にあんな男と関わっては駄目！　わかるわね？　結婚なんて言語道断よ」

「あ、あの……」

急に肩をつかんで揺さぶられ、頭がぐわんぐわんとひどい頭痛に襲われる。

「里桜！」

柊斗が母親を引き剥《は》がし、「大丈夫？」と顔を覗《のぞ》き込《こ》んできた。

「だい、じょうぶ……です……」

答えながらも、心臓が大きな音を立てていることに気づく。

「無理しなくていいよ。ゆっくり呼吸をしよう」

「はい。あの、ありがとうございます」

ぽん、と彼が肩に手を置いた。

柊斗の手のひらが温かくて、息をするたびせつなくなる。

――この人の手、すごく優しい。それに、覚えていないのに懐かしい。

「やめてください！　ここは病室ですよ」

病院スタッフが沖野夫妻を病室から連れ出す。

来たばかりだった柊斗も、一緒に部屋を出ていこうとしていた。

けれど彼は、部屋を追い出される直前、こちらに振り向いて軽く手を振る。

まるでこの状況など意に介さないとでも言いたげに、やわらかな笑みを浮かべているではないか。

思わず、目を瞬《しばた》いているうちに病室から家族を名乗る三人はいなくなっていた。

――不思議な人……。

チャーミングな男性だ。

誰からも愛されそうな人物だと、初対面でもわかるほどに。

――あの人が、夫。わたしは、既婚者だったの……？

何もわからない。

自分のことも、他人のことも。

ただ、突如として現れた配偶者を名乗る男性に、里桜は胸が痛くなるのを感じていた――

§　§　§

沖野里桜は、沖野家のひとり娘である。

幼稚園から大学まで、エスカレーター式の有名私立学園に通っていた。

現在、二十四歳。

大学を卒業してからは、父の所有するグループの子会社で秘書として働いていたらしい。

それが、先月末から両親とあまり顔を合わせず、事故当日はひとりで都心を歩いていた——というのが、ざっくりした自分のこれまでだ。

話してくれたのは母親で、父が会長を務める沖野グループがいかに日本に貢献していて、海外でも認められていて、両親がどれほど里桜の教育に力を入れてきたかというのが主な内容だった。

——わたしは、染谷里桜。そして、かつては沖野里桜だった。

検査を終えたあと、里桜は特別個室と呼ばれる病室に移動した。

最初に目覚めた部屋も個室ではあったけれど、それよりさらに広く、応接セットのある場所だ。

相変わらず記憶はない。

壁にかけられた大きな鏡の前に立ち、自分の姿を確認する。これが、自分の顔。自分の手。自分の髪——

背は、それほど高くない。

およそ、日本人女性の平均より数センチ足りないといったところだろうか。

鏡にそっと伸ばした手は、爪が短く切りそろえられていてネイルの類《たぐい》はしていなかった。

自分はあまりファッションに興味がなかったか、あるいはシンプルなファッションを好んでいたのかもしれない。

全体的に色素が薄く、髪と目は茶色がかっている。

前髪は眉の少し下でそろえられ、長い髪が胸の下に届くほどだ。

やわらかい猫っ毛は、毛先がすぐに絡まってしまう。

記憶は失っていても、一般的な感覚や社会的な知識は残ったままなので、自分が年齢よりも幼い外見をしているのはわかった。

メイクをしていないせいもあるのかもしれない。

だが、かつての自分は、地顔の印象が変わるほどのメイクをしていなかったのではないかと思う気持ちもある。

——忘れているといっても、何もかもわからなくなるわけじゃないんだ。

担当医師たちによる複数の検査の結果、里桜の症状は一時的なものである可能性が高いという判断がくだされた。

ただし、その原因は事故に限らないという補足説明があり、里桜は眉根を寄せることになった。

彼らはそれ以上の詳細を語らない。

事故が理由ではないのだとしたら、いったい何が？

――あまり考えないようにしよう。わたしが考えてわかることじゃない。専門家の医師たちが検討してくれているのだから……

事故から二十四時間、里桜は目を覚まさなかったのだと聞いている。

その間に、自分の脳に何が起こっていたのかなんて、当人にだってわかるはずがない。

病室には、美しい海の写真を使ったカレンダーがあった。

里桜が怪我《けが》をしたのは、七月初めの日曜日。

今日は、火曜日だ。

――梅雨はまだ、明けてないみたい。

窓の外の雨音に耳を澄ましていると、コンコンと控えめなノックが聞こえて、里桜は急いでベッドに腰を下ろした。

まだあまり動かないよう言われている。

医師か看護師が来たのなら、立ち歩いていたのを注意されるかもしれない。

「はい、どうぞ」

里桜の返事を待ってから、特別室のスライドドアが静かに開けられた。

「具合はどうかな」

入ってきたのは、病院スタッフではなく染谷柊斗である。

――わたしの、夫……？

昨日、移動する前の病室でほんの数分同席した記憶しかないけれど、この人が自分の配偶者だという。

――こんなにステキな人が？　ほんとうに？

やわらかに微笑む柊斗は、右手に紙袋を提げている。

スーツの肩が、雨でうっすらと濡《ぬ》れていた。

「体調はいいです。あの、お見舞いに来てくれてありがとうございます」

「夫婦なんだから当たり前だよ。里桜の具合がよくて安心した。――あ、ごめん。里桜と呼んで大丈夫？」

「はい」

最初は着慣れない服のように感じていた自分の名前が、少しずつ馴染《なじ》んでくる。

それは、きっと他者から呼ばれることによって「これはわたしの名前だ」と認識できるのだ。

「ところで、着替えや必要そうなものを買い足してきたよ。昨日は病院の売店で買ったものだったから、歯ブラシもきみが使っていた型番のものを買ってみたんだけど」

ベッドの上に紙袋が置かれ、中から透明な柄《え》の歯ブラシがパッケージのまま取り出された。

見覚えがある、と心が反応した。

自分はこの歯ブラシを知っている。手にとったときの感触を思い出せる。口に入れたときの、歯磨き粉の味さえよみがえってきた。

「っっ……、わたし、この歯ブラシ知ってます！」

手を伸ばして、歯ブラシのパッケージをぎゅっと握る。

やわらかい皮膚にプラスチックの薄い部分が食い込んだけれど、痛くない。

「思い出せた？」

「そうかもしれません」

大きくうなずき、彼を見上げる。

ベッドに座った柊斗が、こちらを見て目を細めた。

――笑うと、目尻が下がるんだ。

微笑を前に、気持ちが穏やかになるのを感じる。

この人は、ほんとうに自分の夫だったんだ、と思えた。

「これから、そうやって少しずつ記憶を取り戻していけるのかもしれないね。だけど、もし思い出せなかったとしても、昨日も言ったとおり、僕はきみの夫であることに変わりはない。かつての里桜も、今の里桜も、僕にとっては大切な人だから」

「……は、はい。あの、ありがとうございます……？」

なんと返事をしていいかわからなくなり、語尾に疑問符がついてしまう。

記憶がない。それはつまり、彼のことを当然覚えていないし、まして恋愛していたことも思い出せないのだ。

「お礼を言うことじゃない。誓い合ったんだ。健やかなるときも、病めるときも、とね」

いわゆる、結婚式における誓いの言葉。

──じゃあ、わたしたちは結婚式をしたの？

夫であると名乗る彼に、ほんのり不安を覚える理由は、両親が彼との結婚を知らなかったからだ。

しかも、どうやら染谷家と沖野家は不仲な様子が感じられた。

──まるでロミオとジュリエットだけど、そんなふたりが結婚式を挙げたとしたら……

「何か、考えてる？」

「あ、えっと、わたしたちは結婚式を挙げたのかなって」

「ああ、そうか」

彼の表情がふと曇り、困ったふうに首を傾げる。

「ごめん。結婚式はまだなんだ。だけど、ふたりで婚姻届を書いた夜に誓いの言葉をかわしたのは事実だよ」

「そう、なんですね……」

彼の口調から、ふたりの結婚は周囲に認められていないのだと感じてしまった。

手続き記憶と呼ばれるものは残っている。

たとえば、自転車に乗るとか料理をするとか、そういうもの。

陳述的記憶と呼ばれるものも、残っている。

漢字や計算式、歴史など。

手続き記憶は体で覚え、陳述的記憶は頭で覚える。

忘れているのは、個人的な思い出だ。

今の里桜に、自分の結婚や恋愛の記憶はない。

だが、一般的に結婚がどういうものなのかは知っている。

――新婚だというからには、幸せいっぱいの生活をイメージしたけれど……

柊斗とふたりでいるとき、いわゆる新婚夫婦を想像できる。

しかし、両親にすら結婚を伝えていなかった。認められていなかった、ふたり。

あの両親に対して少々疑問を感じる部分はある。

それでも、親だ。

血のつながった家族なのだ。

——親に内緒で結婚するだなんて、わたしはどういう生活をしていたんだろう。

「不安にさせてしまったなら申し訳ない」

「あ、いえ」

黙り込んだ里桜に、柊斗が生真面目な様子で頭を下げた。

何も思い出せない自分を責めたりしない。

かといって、誰からも認められない結婚について言い訳をするでもない彼に、誠実さを感じる。

「きっと、柊斗さんはいい人なんですね」

「はは、そうだといいんだけど」

顔を上げた柊斗が、困りながらも微笑んでくれた。

「もう察しているかもしれないけれど、僕たちは互いの両親から結婚どころか関わることさえ反対されていたんだ。それでも、僕はきみが好きだった」

好きだった。

過去形で語られる告白に、ほんの少し、寂しさを覚える。

「それは……わたしも同じ気持ちだったということ、ですよね」

「少なくとも、僕はそう信じてるよ」

目の前にいる里桜を見つめているのに、彼の目はその向こうを見ているようだ。

――きっと、柊斗さんが見ているのは、記憶のあった『わたし』。彼が好きになった、染谷里桜。

ずき、と小さく胸の奥が痛む。

今、里桜には頼ってもいい存在が柊斗しかわからない。

彼が夫だったのだというのなら、この人に助けてもらうよりないのかもしれないが、柊斗に迷惑をかけていいのだろうか。

記憶が戻らなくてもいいと言ってくれる、優しい人。

――だけど、ほんとうは記憶のある『里桜』じゃなきゃ意味がないんだ。わたしじゃない。わたしの知らない、わたし。

心のどこかに、小さな抵抗がある。

誰もが当たり前のように、自分のことを染谷里桜、もしくは沖野里桜として扱うけれど、それは彼らの知るかつての——つまり、記憶のある里桜のことだ。

今、ここにいる里桜にわかるのは、使っていた歯ブラシのメーカーくらいで、誰のことも思い出せていない。

もしも。

このまま記憶が戻らなかったら、自分は周囲の期待を裏切ってしまうのではないだろうか。

——だけど、わたしは『わたし』なのに。

思い出したいとも、思い出したくないとも、強く思うことはない。

ただ自分を受け入れるのは自分しかいないのだと思い知らされるのが、少しだけ寂しかった。

「手に、触れてもいい?」

「え……?」

「嫌だったら、断ってかまわないよ。きみの気持ちを無視するつもりはないから」

柊斗の問いかけに、逡巡《しゅんじゅん》する。

彼は夫だ。そして、今の自分にとってはほぼ初対面の異性だ。

けれど、まっすぐな瞳を前にして、里桜は断る選択肢を持ち合わせていなかった。

「手、こうですか？」

握手をするときのように右手を差し出すと、柊斗がそっと手を握った。

じわり、と手のひらから熱が伝わってくる。

「やっぱり、指先が冷たくなってるね」

「あの、やっぱり、ってどうして？」

「里桜は緊張したり不安になったりすると、手と足の指がすごく冷たくなる。これは性格や記憶の話じゃなくて、きっときみの持つ体質だと思うんだ。だから――」

心のどこかにあった抵抗が、ほろりとやわらぐのを感じた。

夏が近づく病室は、エアコンの冷房でひんやりしている。

――以前に、誰かに言われたことがある……？

『手を握ればすぐにわかるよ。きみは、緊張していると指先が冷たくなるから』

おぼろな記憶は、もしかして柊斗の言葉だったのかもしれない。

どんな状況で、どんな文脈で言われたのかは思い出せないけれど、たしかにかつてそう言って里桜の手を握った人がいた。

「ごめん」

手を握ったまま、柊斗が目を伏せる。

「きっときみからしたら、過去を思い出せと言われている気分になるよね」

「…………」

「そういうつもりじゃないんだ。思い出せなくてもいいと思ってる。むしろ……」

——柊斗さんは、思い出せなくてもいいと言ってくれている。それは、わかってる。

それでも、里桜は「そんなことないです」と言えなかった。

無意識に思い出さなくてはと自分を追い詰める自分がいるのも事実である。

そして、その理由に周囲からの期待や圧力があるのは否定できなかったから。

「でも、こうして手をつないでいれば、指は温かくなる」

「！　ほんとですね。指先、あったかくなりました」

「うん。だから、きみが困ったとき、緊張しているとき、つらいとき、いつでも僕は手をつなぎたい。何も返さなくていいんだ。ただ、手をつなぐことを許してもらえたら嬉《うれ》しいよ」

「……ありがとう、ございます」

どうしてきみがお礼を言うの、と彼が笑った。

柊斗を好きだったことを思い出せなくても、この人には笑っていてもらいたい。

――この気持ちは、わたしだけのもの。記憶がないままでも、わたしはこの人の笑顔が好きだなって思ったから……

§　§　§

記憶が戻らないまま、退院は明日に迫っている。
鏡の中の自分を見つめて、里桜は表情を曇らせた。
問題は、退院後にどうするかを自分が決めきれていない点なのだ。
沖野の両親は実家に戻るよう言ってきている。
同時に柊斗からも、ふたりの家に帰ってきてほしいと言われていた。
――わたしは、どこに帰ればいいんだろう。
目を覚ました日以来、柊斗は毎日病室へやってきてくれる。
毎日顔を合わせるうち、次第に彼に対して信頼を感じるようになっていた。
彼は、里桜の体調を気遣って、顔を出してもすぐに帰っていく。
日によって、滞在時間がたった三分ということすらあった。
――それでも、毎日来てくれる。柊斗さんは優しい人。

父は初日のみ、母はその後一度だけ病室へ来てくれていたけれど、里桜を心配しているというよりは対面を気にしているように感じた。

この数日、彼らの行動から自分がどちらに帰りたいかを考えれば火を見るより明らかだ。

感情だけで選ぶならば、柊斗だ。

――結婚して、まだ数日だって言ってた。その相手に迷惑をかけていいのかな。

迷いは、血縁者であるかどうか。その一点である。

「……どうしたらいいんだろう」

小さくつぶやいた室内に、重ねるようにノックの音が聞こえてきた。

「はい」

返事を待ってからスライドドアを開けたのは、染谷柊斗その人だ。

「こんにちは。いや、もうこんばんはの時間かな」

夕暮れが窓の外を染める時間に、彼は少し考える素振りで挨拶を選ぶ。

「こんにちは。今日も来てくれたんですね」

「もちろん。大事な里桜が入院しているからには、毎日来るよ。仕事の都合さえつけば、もっと長く病室にいたいところなんだけど」

旧財閥である染谷家の会長直系の孫だという柊斗は、染谷貿易という会社の副社長を務めている。

名刺には、ほかにもグループ会社の名前がいくつも書かれていたけれど、里桜にはよくわからない。

そして、彼の実家である染谷家と里桜の実家である沖野家は犬猿の仲なのだ。

──そもそも、世の中の人たちはどちらの企業も知っているらしいけれど、わたしは思い出せないから……。

どちらも大きなグループ企業で、さまざまな分野で業界シェアの順位を競っているという。

「もう、立ち歩いても平気なんだね」

そう言って、柊斗が脱いだ上着を左腕にかける。

彼の肌にはうっすらと汗がにじんでいた。

「はい。明日には退院なので、もっといろいろと思い出せたらよかったんですが……」

「無理をしないほうがいいとお医者さんも言っていたよ。里桜が思い出せなくたって、僕はずっときみに寄り添うつもりだから心配しないでほしい」

「……っ、はい」

優しい柊斗が微笑むと、目尻が急に下がる。

普段はいかにも仕事のできそうな男性だ。

佇まいや服装、雰囲気や聡明《そうめい》な口調から、彼を知らない里桜でもそう思う。

ただし、病室に見舞いに来ているとき、柊斗はいつでも笑みを絶やさない。

里桜が不安にならないよう、気を配ってくれているのだろうか。

──わたしは、この人を頼っていいの？

夫婦だと彼は言う。

証明する書類も持ってきてくれた。

「明日は午前の回診が終わってから退院になると聞いたよ。退院手続きに、そのころ来る予定だから」

「えっ？　柊斗さんが来てくれるんですか？」

「迷惑？」

驚き半分、嬉しさ半分。

「い、いえ、でもお仕事があるんじゃないですか？」

「あるよ」

「だったら……」

「仕事は、ほかの人間に代わってもらうことができる。何より、僕がきみの退院に付き添いたいんだ」

優しい声に変わりはないけれど、柊斗の言葉から強い意志が感じられた。

明敏な彼には、わかっている。

里桜がまだ、退院後にどうすべきか迷っていることも。

「僕と暮らすのが不安なら、寝室は別にする。里桜が嫌がることは絶対にしない。だから、実家に帰らないでほしい」

——そんなに優しくしてくれるのは、どうして？

沖野の両親が里桜にとって毒であることを、彼が知っているとしても。

寝室を別にしてまで妻の里桜を引き取りたいというのは、何か別の事情があるのではないかと考えずにいられない。

両家が不仲であることも理由なのだろうか。

だが、それだけで？

——結婚しているから。責任感が強い人だから。

理由をあげれば、いくつも思い当たる。

それなのに、どうして自分は躊躇《ちゅうちょ》してしまうんだろう。

正直なところ、彼の愛情をそのまま受け取っていいのかを里桜は迷ってしまうのだ。

彼が優しい人なのは疑いようがない。

——妻として、わたしを守ろうとしてくれてるのもわかる。なのに、どうしても気になる。

柊斗の優しさだけではなく、里桜が疑念を向けるのは自分自身だった。

どうして、こんなにも誰かの愛情を素直に受け取れないのか。

もしかしたら、自分は人としての感情や感性も喪失してしまった？

——ああ、そうか。わたしは、自分が感じているものが『わたし』の感覚なのか、自信がないんだ。

その事実に突き当たって、しゅんと心がしぼむ錯覚に陥る。

記憶があっても、なくても、と柊斗は言ってくれる。

彼の優しさを信じられる。

信じられないのは、自分のほうなのだ。

記憶とは、個人を作り上げる要素にほかならない。

かつて沖野里桜だった、現在の染谷里桜。

そのどちらの思い出も持たない『自分』は、ただの表層的な存在に思えてしまう。

つまり、自分がかりそめの仮面のように感じるということである。

記憶が戻れば、『自分』は消えてしまうのかもしれないし、あるいはそうではないのかもしれない。

そして、何より問題の記憶は、いずれ戻るだろうと言われているものの、いつ、どのタイミングで戻るのかもわからないのだ。

つまり、戻らないかもしれない——そうも言えることだった。

「里桜？」

「あ、はい。ごめんなさい。あの……」

彼の家に帰るかどうかを話している最中だったのに、ひとりで自分の内側にこもってしまった。

何か、返事をしなくては。

そう思うほどに気持ちは焦って、言葉が逃げていく。

「いいよ。落ち着いて。ゆっくり話して」

戸惑う里桜の気持ちに寄り添ってくれる柊斗が、大丈夫だよとうなずいてくれた。

そこで、少し楽になれたのかもしれない。

すとんと自分の希望が決まった。

ほんとうは、きっと最初から決まっていた答え。

「わたし、柊斗さんのおうちに一緒に帰りたいです」

彼が息を呑むのが伝わってきて、先ほどまでとは違う緊張感が病室に一瞬みなぎった。

「……ありがとう、里桜」

ワイシャツの両腕を広げた彼が、抱きしめようとして動きを止める。

その素振りから、ふたりがほんとうに夫婦だったんだと、またひとつ小さな感慨が胸の中に積もった。

「こちらこそ、ありがとうございます」

気づけば、自然と笑顔になっていて。

目の前で、柊斗の瞳がかすかな驚きを揺らがせる。

「な、何かヘンですか、わたし……？」

「変じゃないよ。里桜の笑顔が見られて嬉しかったんだ。ああ、そうだ。明日、何か食べたいものはある？　しばらく病院食だったから、きみの好きな——食べたいものを準備するよ」

――また、ひとつ。

好きなものと言いかけて、訂正してくれる彼の言葉に里桜は感謝した。

「たぶん、わたし、辛《から》いものが好きです」

病室での食事中、ふと一味唐辛子がほしいと思うことが何度もある。

今も食べたいものと言われて、汗をかくようなインドカレーや痺辛の麻婆豆腐《マーボー》を想像していた。

「そっか。じゃあ、明日は一緒に辛い料理を食べにいこう」

「はい！」

ベッドサイドには、画面が割れて電源の入らないスマートフォンが無造作に置かれている。

歩道橋を転落した際に、里桜のスマホは壊れてしまった。

今は、なくても困らない。

「せっかくだから、新しい店を一緒に開拓するのも楽しそうだね」

「柊斗さんは、辛いものはお好きですか？」

彼がうなずく。

「好きだよ」

どくん、と心臓が大きく高鳴った。

――今のは、辛いものが好きって、それだけの意味なのに。

頬《ほほ》が熱を帯びるのを、自分の両手でそっと押さえる。

彼を好きだった記憶はまだ戻らないのに、心臓は彼に反応していた。

「それじゃ、明日は回診の終わるころに来る。荷物は無理してまとめなくてもいいよ。僕が車で運ぶから」

「あ、ありがとうございます」

彼が帰っていくと、特別室はしんと静まり返る。

どこへ帰っていいのか迷っていたけれど、結局こうして準備をしてくれるのは柊斗だけだった。

――わたしは、両親とあまり仲が良くなかったのかな。

それを知っていて、彼は実家ではなくふたりの家に帰ろうと言ってくれたのだろう。

明日からの新しい生活を想像すると、目覚めてからずっと心に立ち込めていた雲が晴れたような気がした。

§　§　§

世田谷区砧《せたがやくきぬた》のマンションは、周囲の通りから敷地内が見えないよう外周に樹木が巡らせてある。

建物が地上二階、地下一階という低めのデザインなこともあり、遠目に見ると緑豊かな小山と見間違えそうだ。

最近の高級マンションは低層が主流になってきている。

特に家庭のある芸能人や配信者、スポーツ選手などの有名人は、低層建ての分譲マンションを選ぶ傾向があった。

独身のうちは都心のタワーマンションが便利だが、環境を優先するようになって考え方も変わるのかもしれない。

もちろん、かならずすべての人がそうだというわけではないので、タワーマンションを好む成功者も未《いま》だ多い。

「ここが里桜の部屋だよ。置いてあるものは好きに使って」

メゾネットタイプの二階にあるリビングダイニングに面した扉を開けて、柊斗が中に入るよううながしてくれる。

「お邪魔します」

ボストンバッグを両手で持ち、里桜はスリッパの足でそっと室内に踏み入った。

八畳ほどの洋間には、まだ真新しいベッドと机、作り付けのラック、開け放たれたウォーキングクローゼットが見える。

――病院を出るときにはひと悶着《もんちゃく》あったけど、やっぱり柊斗さんと来てよかった。

退院手続きの直前、病室に母が姿を現した。

柊斗がロビーにいるのを確認してから来たらしい。

母は、やや強引に里桜を連れ帰ろうとしたのだが、看護師が声を聞きつけて助けてくれたおかげで、無事に柊斗と退院することができた。

――柊斗さんには、母が来たことは言ってない。言うべきだったのかな。

バルコニーに出られる窓の前で、里桜はぼんやりと空を見上げる。

L字型の角部屋なこともあって、バルコニーのある東側だけではなく南側にも上品な小窓がふたつある。

光のよく入る室内は、掃除が行き届いていた。

「わたしは、この部屋に来たことはあったんですか？」

ふと気になって尋ねると、彼が小さく首を横に振った。

「結婚して数日だと話したけれど、実はきみが歩道橋から落ちたのは婚姻届を提出した翌日だったんだ」

「えっ！」

つまり、新婚二日目で里桜は頭を打ち、それから三十時間以上も昏睡《こんすい》状態だったのか。

――きっと、すごく心配をかけてしまったんだろうな。

「知ってのとおり、僕たちは双方の家から反対されるのが明白な結婚だったから、最初からふたりだけでひっそり暮らすつもりだった。里桜は実家に住んでいて、このマンションは結婚に当たって僕が勝手に購入した物件だから、きみはまだ来たことがなかったんだよ。驚かせようと思っていたけど、こんなふうに紹介するのは予想外だったかな」

「そう、だったんですね……」

では、怪我をする直前まで、自分は実家に住んでいたということになる。

帰るべきは実家だったのだろうか。

「里桜」

「は、はい」

急に顔を覗き込まれ、距離の近さに一歩あとずさった。

「あの夜、きみはこのマンションへ向かっていたんだ」

「え、わたしが、ここに……？」

「そう。だから、バッグにたくさん着替えが入っているよね。必要最低限の荷物を詰めて、この部屋に──僕との新居に、来る途中だった」

誰からも、そんな説明は受けていない。

それもそのはずで、きっとこの事情は柊斗と自分しか知らなかったのだろう。

──あれ？　そういえばたしか……

目を覚ました日に、病室へやってきた彼は沖野の両親に向けて言っていた。

里桜の荷物について、言及していたではないか。

『彼女は荷物を持っていませんでしたか？　数日分の着替えや身の回りのものが入っていたのではありませんか？』

つまり、あのときの話していた荷物というのは、里桜が実家を出てくるために準備したものだったということになる。

彼の話は矛盾していない。

見知らぬ部屋も、真新しい家具も、説明がつく。

だが、何かが引っかかる。それが何か、里桜にはわからなかった。

「急にいろいろ話しても、里桜も混乱するよね。きみが気になることは、少しずつ説明するよ。まずは、しばらく体を休めてゆっくり過ごしてほしい」

「あの、柊斗さん」

「うん？」

「わたしは、二十四歳なんですよね」

大学を卒業し、働いていておかしくない年齢だ。

以前に聞いた話では、たしか父の所有する会社で秘書として勤務している。

――こんなに何日も休んでいるし、まだ仕事に復帰するには時間がかかると思うし……

「両親に結婚を報告していないのはいいとして、会社に連絡はしていたんでしょうか。それとも、結婚翌日に頭を打ったということは、まだ何も伝えていないんでしょうか」

「会社、か。……あのね、きみは先月末で仕事を退職したんだ」

「えっ」

転職したのではなく、退職。

ということは、自分は無職の身ということに？

柊斗と結婚していて、こんな豪華なマンションに住めるのなら、たしかに働かなくとも生きていけるのかもしれない。

――だからって、妻らしいこともできないのにただお世話になるだけというのはちょっとどうなんだろう。もとのわたし、少し無鉄砲なんじゃない？

「……今の状況だと、転職というのも難しいですよね」

「仕事を、したい？」

「それはもちろん！」

意気込んで答えると、柊斗がかすかに唇を尖《とが》らせた。

――えっ、こんな表情初めて見る。柊斗さん、大人なのにかわいい。

彼は里桜より七歳上、三十一歳だ。

普段の余裕がある笑みも魅力的だが、こうして見ると三十一歳よりずっと若く感じる。

「仕事は、そうだね。先々考えるとして、今はふたりの時間を過ごしたいんだけどな」

「え、えっと、それは……」

拗《す》ねたような口調に、どう返事をしていいか当惑し、言葉に詰まった。

彼としては、里桜に働いてほしくないのだろうか。

だとしたら、仕事を辞めたのは彼と過ごすためだったのかもしれない。

考え込んでいる里桜の耳に、息を吐くような笑い声が聞こえてきた。

——柊斗さん？

「冗談だよ」

柊斗は、いたずらっ子の表情でこちらを見つめている。

軽くすくめた肩に、今度は里桜のほうがふざけて彼を睨《にら》みつける番だ。

「記憶のないわたしに、ちょっとイジワルじゃありません？」

「あはは、ごめん。でも、調子が出てきたね。もっとそうやって、普通に話してほしいな」

「普通、ですか？」

「そう。親戚のおにいちゃんみたいに、もしくはサークルの仲の良い先輩みたいに？」

夫婦らしさを求めるのではなく、彼はふたりの関係性を正常化するところから始めようとしてくれている。

それが感じられて、里桜も素直にうなずいた。

「わかりました。じゃあ、柊斗さんも今みたいにしていてください」

「はい。いたわってくれる気持ちは嬉しいです。でも、わたしも柊斗さんのことを、もっと知りたいから」

「僕?」

声に出してみて、初めて自分の考えが整理されることがある。

今が、里桜にとってまさしくそのときだ。

自分が彼のことを、もっと知りたいと感じていると実感した。

――優しくしてくれるだけじゃなくて、本音で接してほしい。

「もとって、どのくらい?」

一歩、柊斗が距離を詰めてくる。

窓際に立つ里桜は、背の高い彼を見上げた。

「も、もっとは、もっとです」

生真面目に答えた里桜を見て、彼が少し困ったように眉尻を下げる。

なぜか、目が離せない。

心が吸い寄せられる感じがある。

これは、忘れている記憶――かつての自分の心が、そう感じさせるのかもしれない。

――それとも、柊斗さんが魅力的だから……?

「僕の本心を知ったら、里桜は逃げていっちゃうかもしれないよ？」

甘やかな笑みには、どこか危険な香りが漂っている。

閉めた窓の向こう、気の早い蝉《せみ》が大声で鳴いていた。

番《つがい》を探す彼らの、渾身《こんしん》の求愛行動。

それを耳に、優しいだけではない夫の姿を見つめて、小さく息を呑む。

「でも、わたしは柊斗さんの妻、なんですよね……？」

「そうだよ。だから、里桜はここで僕と暮らす。どこにも行かないで。もう、僕を置いてどこかへ行ったりしないで――」

肩口に触れそうなほど、柊斗が頭《こうべ》を垂れてくる。

触れそうで触れない距離が、彼の気遣い。

前髪だけが、そっと肩に触れていた。

――わたしのほうから触れたら、どんな顔をするんだろう。

指先がかすかに震え、彼に触れてみたいと思った。

「どこにも、行きません。行くあてなんてないですよ」

「うん、そうだね。ごめん、ちょっとふざけすぎたかな」

そう言う彼の瞳は、先ほどの発言を冗談で片付けるには真剣すぎて。

――わたしは、この人に愛されていたんだ。

あらためて、彼の愛情を感じずにはいられなかった。

§　§　§

「っっ……！　辛い、辛いです！」

口元に右手を当て、里桜は口の中が火事になりそうな熱をぱたぱたと扇《あお》ぐ。

荷物を置いてひと休みしたのち、ふたりはインドカレーレストランに来ていた。

マンションから徒歩十分ほどの場所にある、雑居ビルの地下一階。

階段を下りる前から、スパイスの香りがふわりと鼻先をくすぐる店で、里桜はマンゴーラッシーのストローを口に咥《くわ》える。

辛い食べ物を食べたときは、水を飲むといっそう辛味が際立ってしまう。

――そういう、どうでもいいことは覚えてるんだ。

「こっちも食べてみる？」

「え、でも柊斗さんのって辛口ですよね……？」

「野菜がたくさん入ってるから、そこまで辛く感じないよ」

「じゃあ、ひと口いただきます」

スプーンを手に、彼のカレーをひとすくい。

里桜が頼んだのはダールカレーで、柊斗が選んだのはバターチキンカレーだ。

ダールは豆のことで、レンズ豆がたくさん入っていておいしい。

「！　え、辛……いけど、ちょっとふわっと甘い？」

「バターのおかげかな。辛いなりに食べやすいし、おいしいよね」

「はい。今度、バターチキンも頼んでみたくなりました」

辛いものを食べると、体温が上がる。

体温が上がると、代謝がよくなって、結果的に気持ちも上がる。

——人は、場所に影響されるのかもしれない。

入院中の里桜は、自分が病人であるという枠にとらわれていた。

病室という場所において、穏やかに静かに過ごすことが当然に感じられたのもある。

けれど、インドカレー屋では元気が出るのだ。

——一緒にいる人のおかげかもしれない。

「里桜、ラッシーおかわりする？」

「いいんですか？」

「もちろん。同じマンゴーがいい？　ほかにも、ブルーベリーラッシーがあるみたいだけど」

「じゃあ、今度はブルーベリーにします」

「了解。——あ、すみません。追加オーダーいいですか？」

柊斗が右手を上げて、店員を呼ぶ。

すぐにブルーベリーラッシーが届いて、里桜はそのおいしさに舌鼓を打った。

汗をかいて、食事をする。

病院を出て最初に食べるのがインドカレーなのは、正解だったかもしれない。

香辛料が体を芯から温めてくれるおかげで、自分が生きていることを強く実感するのだ。

「デザートはどうする？」

「もうお腹《なか》いっぱいです。柊斗さんは？」

テーブルの上に並んでいた、プレーン、チーズ、ガーリックの三種類のナンはふたりの胃袋にすべて収まっている。

カレーの残りをスプーンですべて食べ終えると、胃がぱんぱんに膨れているのがわかった。

「僕も満腹だな。店を出たら、夜の散歩でもどう？」

「賛成です！」

自然と笑顔になって、里桜は大きくうなずいた。

入院中とは、何もかもが違っている。

食事も、行動も、気持ちも。

彼といると、それをあらためて感じられる。

自分が生きているということを。

たとえ記憶がなくとも、自分は自分である、という当たり前のことを――

インドカレー屋を出ると、住宅街を目的なく歩いた。

おりしも、今夜は月の明るい夜だ。

満月には少し欠けた大きな月が、ふたりの道中を照らしてくれている。

「柊斗さん、いくつか質問してもいいですか？」

「もちろん。何について？」

「うーん、まずはわたしたちの出会い、ですかね……」

モンタギュー家とキャピュレット家のような不仲の家同士に生まれた自分たちが、

どういう経緯で結婚に至ったのか。

気にならないといえば嘘になる。

むしろ、失われた記憶の中でいちばん気になるポイントだ。

「出会いか。どこから話すのが正しいのかな」

「そ、そんな複雑な出会い方だったんですか⁉」

「あはは、そうじゃないんだけどね。う～ん、僕たちは一応、子どものころにパーティーで会ったことがあるんだよ」

なるほど、互いにそれなりに有名な家柄だとすれば、そういうこともあるのだろう。

「何歳ぐらいの話ですか？」

「たぶん、里桜が五歳くらい」

「五歳！　想像したより……幼児、ですね」

ふたりの始まりがそれほど幼いころだったとは。

では、幼馴染《おさななじみ》のような関係だったのだろうか。

続きを待つ里桜に、柊斗がゆっくりとした口調で話しはじめる。

「僕が覚えているのは、クリスマスの時期のパーティーだった。大人たちが、ずいぶん着飾っていたなあ。僕は小学校六年だった。中学受験の追い込み時期なのに、パーティーに連れていかれることになって、さすがに両親は何を考えているのかと思ったんだ」

「それは……」

そのとおりですね、とは言いにくい。

里桜には、彼の両親のことがまったくわからない。記憶もない。

さらに、染谷家とは対立して生きてきたはずだ。

――だけど、受験前の子どもをパーティーに連れていくのはどういう理由？　息抜きさせようという優しさ？　それとも、きっと美しい少年だった柊斗さんを見せびらかしたくて……？

「気を遣わせちゃったかな。うちの両親はね、昔からひどく見栄《みえ》っ張《ぱ》りなんだ。だから、家ではろくに話もしないのに人前では仲の良い家族のふりをしたがる。子どものころは、それが当たり前だと思っていて、成長するにしたがって我が家は変則的だと気づいた。だけど、大人になると今度は否定するのが面倒になってしまった」

それだけ聞くと、柊斗の子ども時代はひどく寂しいものに感じる。

金銭的には恵まれていただろうけれど、孤独な少年。

――わたしは、どうだったんだろう……

沖野の両親に対して、里桜はまだ愛情も愛着も思い出せない。

病院に来てくれたときの態度から、あまりいい印象はないのだが、それでも思い出せない自分を責める気持ちがあった。

「あの、正直に言ってほしいんですけど」

「うん？」

「わたしの両親と、わたし。もしかして、あまり仲が良くなかったですか？」

怪我を負った里桜に対し、心配するよりも苛立《いらだ》ちを見せていた彼らに、家族のイメージはない。

――それとも、わたしはそういう冷たい家庭に馴染んだ人間だったのかな。

「正直に、か」

月光が柊斗の黒髪を照らす。

昼間よりも神秘的な輝きを感じて、里桜はぼうっと彼の後頭部を見上げた。

半歩前を歩く彼が、少し戸惑いがちに振り向く。

「僕たちはたぶん、どちらもあまり家族とうまくいっていなかった。たぶんね」

里桜を傷つけないために、彼はあえて二回も「たぶん」と推量した。

「少なくとも僕は、自分の家が好きじゃなかったよ。里桜と再会していなかったら、今も自分の意志を優先するより、諦める道を選んでいたと思う」

「諦める？」

「ああ。僕はずっと『染谷家のための自分』を生きてきた。望んでそうしてきたというよりは、諦めるほうがずっと楽だったから。子どものころ、ヘルマン・ヘッセの『車輪の下』という小説を読んだことがある。知ってるかな？」

思い出せないのか、以前から知らなかったのか。

力なく首を横に振ると、彼が月光を背にして微笑む。

「もともと里桜が好んで読みそうなタイプの本じゃないかもしれない。その話はね、利発な少年が勉学に励み、神学校に進学するんだ。その時代において、神学校はいわゆるエリートの通う学校でね。周囲の期待を背負って進学した少年は、学校生活の中で友人と触れ合うことで疑問を抱くようになる。勉強することだけがすべてなのか。友人と学業のどちらを選ぶか迫られたとき、彼は友人を選ぶ。けれどその友人は退学処分になって、残された少年は勉強にも身が入らなくなってしまった。結局、彼は神学校を中退して、ふるさとに帰る。かつては少年に期待し、応援してくれていた地元の人たちはもう以前とは違っていた。期待外れとなってしまった自分を知って、それでも彼は生きようとする」

そこで、柊斗は言葉を区切った。

「……なんだか、新婚の妻に話す内容じゃない気がしてきたよ」

冗談めかして笑う彼に、里桜は一歩近づく。

続きが気になるのと、その物語から柊斗が何を感じたのかが知りたかった。

「教えてください、続き」

「彼は、自分がなぜ生きているのかわからなくなる。それでも仕事に就き、それなりに生きていこうとしていた。だけど、酒を飲んだ帰り道、川に転落してしまった。翌朝、彼の遺体が発見される」

「事故、ですか？」

「どうだろう。そこは、はっきりとは書かれていないんだ。ただ、聡明だった少年が聡明さゆえに気づいてしまった社会という大きなものに反したとき、彼は自分らしく生きようとした。けれど——そう、僕にはその結末が、ひどくおそろしいものに思えた」

家のことを詳しく語るのではなく、古典文学にたとえた柊斗は、きっと物語の少年に自分を重ねたのだろう。

——だから、諦めることにしたんだ。

抗《あらが》って、自分が消されてしまうことに怯《おび》えた、まだ幼かった彼を思うと胸が痛い。

「諦めるのも、家のための自分として生きるのも、柊斗さんが自分を守るための手段だったのかもしれませんね」

口に出してから、偉そうなことを言ってしまったと恥ずかしくなる。

けれど、彼は。

「え……？」

驚いたように目を瞠《みは》って、里桜をじっと見つめていた。

「あ、あの、すいません。何もわからないのに勝手なことを言ってしまって」

「謝らないで。――やっぱり、きみは変わっていないんだ」

「わたし？」

「そうだよ。里桜は、いつも僕を受け入れてくれる。僕の選択を、僕の気持ちを尊重しようとしてくれる。そういうきみに出会って、僕は自分のために生きることを決めた」

――そんなことがあったの⁉

柊斗は、何も言わずに左手をこちらに伸ばしてくる。

長い指の大きな手。

里桜も黙ったまま、その手を取った。

つないだ手が、残暑の熱にじんと痺《しび》れる感覚がある。

運命の相手を探す蝉の声が、場違いなほど大きく聞こえていた。

「自分のためっていうのは、自分の愛する人を守る人生を生きたいと思ったから」

「……はい」

「その、なんていうか」

彼は夜空を見上げて、どこか照れくさそうに言葉を途切れさせる。

――ん？

沈黙に首を傾げるより早く、柊斗がこちらに顔を向けた。

「今夜は月がきれいだね」

「はい、きれいですね」

「……しまった。もう少し言い方を寄せるべきだった」

「言い方、ですか？」

「なんでもないよ」

大きな月が、ふたりの頭上でやわらかな光を放つ。

彼に応える感情も言葉も、里桜はまだ知らない。

忘れてしまった自分の欠片《かけら》が、心のどこかに刺さっている。

刺さっているけれど、そこに書かれた情報には手が届かないままだった。

§　§　§

柊斗のマンションへ来て三日目の夜。

頭を打った痛みも完全になくなり、里桜はキッチンに立った。

食事をするたび、自分は料理ができるのではないだろうかと思っていたのだが、実際に包丁を握ってみると、するするとニンジンの皮を剥《む》くことができた。

ピーラーを使わなくても、問題ない。

レシピサイトを見なくても、肉じゃがの作り方は思い出せる。

ただ、残念ながら柊斗が肉じゃがを好きかどうかはわからなかった。

――ど、どうしよう。もし好きじゃなかったら……

冷凍庫に、揚げるだけのアジフライもあったので、これを使うことにする。

あとはコブサラダと、なめこのお味噌汁《みそしる》。

きゅうりを叩《たた》いて、梅肉と和《あ》えた小鉢もつけよう。

――夏らしさのある一品。でも、これしか夏らしさがない。

うーん、とひとりで懊悩《おうのう》していると、玄関で物音がする。

里桜は急いでキッチンを出て、廊下につながるドアを開けた。

広い玄関で、靴をシューズクロークにしまった柊斗が驚いたようにこちらに振り向いた。

「里桜、ただい――」

「おかえりなさい!」

勢い込んで彼のもとへ駆けていき、里桜は背の高い柊斗を見上げる。

「あの、柊斗さんって嫌いな食べ物はありますか?」

「どうしたの、急に」

「そういう話をぜんぜんしていなかったので、辛いものが好きなのは知ってるんですけど……」

退院してすぐ、ふたりでインドカレーを食べに行った。

あのときは、とても楽しかった。

「嫌いな食べ物……うーん、そうだな……」

夏用スリッパに足を入れて、彼は天井に目をやる。

思った以上に長考する柊斗を見て、里桜はどうしたのだろうと瞬《まばた》きをした。

何か、言いたくない理由があるのだろうか。

それとも、嫌いなものがないから考えあぐねてしまうのだろうか。

すると、柊斗は少し困った様子で里桜にちらりと視線を送ってくる。

「……笑わない？」

大きく二度うなずくと、彼が口元にこぶしを当ててうつむく。

「生きてるウニ」

ウニは好きな人も多いけれど、苦手とする人も多いイメージがあった。

――笑わないです、ぜんぜん。

「それから、柳川鍋《やながわなべ》と、踊り食いは全般的に駄目かな」

「ああ、はい」

なるほど。

だとすると、

「活《い》け造《づく》りも苦手ですか？」

「……うん」

里桜の問いかけに、柊斗がうなずいた。

――つまり、生きているのを食べるのと、生きている姿を見てから食べるのは、どっちも苦手ってことなのかな。

「かわいい」

つい、本心が口をつく。

「か、かわいい？　まさか、僕のことを言ってるんじゃないだろうね？」

「あっ、すみません！」

慌てて謝罪すると、柊斗は拗ねたようにかすかに唇を尖らせている。

「大丈夫です。誰でも苦手なものはあると思うし、わたしもたぶん柳川鍋は食べないです」

「偽善者だと思ってない？」

「思ってませんよ」

ふふっと笑った里桜に、彼が驚いた様子で一瞬目を瞠った。

――……え？

それからじわりと、柊斗の表情が微笑みに変わっていく。

その様子を、里桜は目を離せずに見つめていた。

「里桜が、笑ってくれた」

「わ、笑うと何かヘンですか……？」

「違うよ。嬉しかったんだ」

スーツのジャケットを脱いだ彼が、里桜の肩にぽんと手を置く。

外は暑かったのだろう。

柊斗のワイシャツの背中は濡れていた。

「先にお風呂にしますか？　汗もかいてるみたいだから」

「先に……ってことは、そのあとがあるの？」

食事の準備をしてある。

だから、食前に入浴をどうぞというつもりだった。

「だったら、僕は里桜がいい」

「えっ……!?」

リビングに入る直前で、里桜は足を止める。

――お風呂と食事のほかに、選択肢として『わたし』がある……？

当惑した顔を見て、彼がしまったとひたいに手を当てた。

「ごめん、つまらない冗談を言っちゃったね。食事の準備をしてくれていたんだ？

ありがとう」

アイランドキッチンをちらりと見て、柊斗が恥ずかしそうに笑う。

「ぜっ、ぜんぜん！　お風呂どうぞ！　お湯、入ってますっ」

彼の言った意味がわかって、里桜はぎくしゃくしながらキッチンへ戻った。

——さっきの、つまり、お風呂より食事より、わたしがほしいっていう意味、だよね。

ふたりは夫婦だ。

里桜の記憶がなくなっていなかったら、今もきっと幸せな新婚カップルとして暮らしていたのだろう。

——柊斗さんが、わたしを、ううん、記憶があったころの染谷里桜を愛しているのはわかってる。

ときどき、自分が邪魔者だと思うときがあった。

染谷里桜としての記憶を持たない『自分』。

——わたしは、里桜なのかな。

その人をその人たらしめるものとはなんなのか。

性格とか人格とか呼ばれるものが、パーソナルな部分だとしても、そこには環境が影響する。

育った環境で、人は作られてきたのだ。

では、ベースとなる性格がもとのままならば、記憶がなくても里桜は里桜なのか。

そもそも、性格というものが今の自分と以前の自分で同じかどうか、わからない。

——結局、わたしは里桜以外に名前がないし、外から見たら里桜の顔をしていて……。

不意に、ひどく寂しい気持ちが胸に込み上げた。

記憶のあった染谷里桜を愛していたなら、柊斗にとってこの状況はつらいものではないのだろうか。

同じ顔、同じ体。

なのに、そこにふたりで過ごした思い出はない。

ぼんやりと考えながら味噌汁を温めていると、湯上がりの柊斗がリビングに戻ってくる。

「里桜、どうしたの、ぼーっとして」

「……ちょっと、考えごとです」

曖昧な笑みでごまかして、できあがった料理を皿に盛りつける。

柊斗が箸やグラス、料理をテーブルに並べてくれた。

「いただきます」

箸を手に、柊斗がまっすぐ里桜を見つめる。

七月も半ばに近づき、例年より少し遅めの梅雨明け間近の夜だった。

「……ん！　この肉じゃが、おいしい」

煮崩れしないよう、素揚げしてから煮たじゃがいもを口に運び、彼が目尻を下げる。

「よかったです」

――以前のわたしは、柊斗さんに食事を作ったことはあったのかな。

「サラダもおいしいね。これは、コブドレッシング？」

「はい、そうです」

「里桜は料理がじょうずなんだね。僕は、あまり自炊するほうじゃないから、仕事から帰ってきておいしいごはんを食べられるのは感謝しかないな」

「お料理、しないんですか？」

「ほとんどしない。ひとりだと、弁当を買って帰ってくることが多い」

大企業の御曹司で、自身も若くして重役に就いている柊斗が、お弁当を買って帰る姿を想像すると、なんだか奇妙な取り合わせに感じた。

「調味料があまりなかったのは、そういうことだったんですね」

「あ、バレてたね」

「ふふ、柊斗さんって、なんか完璧なイメージがあるから」

「僕が？」

驚いた様子で、彼が目を見開いた。

「はい」

大人で、落ち着いていて、沖野の両親に対しても冷静に対応できる。

里桜から見れば、彼は完璧だった。

――たしか、三十一歳？　見た目だけなら、もっと若く見えるけど。

普通、結婚する前に相手のことはたいてい知っている。

里桜だって、もとはそうだったのだろうけれど、今は逆だ。

気づいたら結婚していて、彼のことは何も知らない。

「完璧か。僕が完璧だったら、里桜を怪我させたりしなかったのにね」

「え」

「ごめん。あのとき、きみがひとりでいいと言っても、絶対に送っていくべきだった」

「そ、そんな、謝らないでください。わたし、覚えてないですし」

「あーあ、ほんとうに完璧だったらよかったんだけど」

少し笑って、彼は食事を続ける。

初めて会ったときも思ったけれど、柊斗はきれいな体つきの男性だ。

小顔に広い肩幅。

首が長いのも美しいシルエットの一因だろう。

——それに、食べ方まできれい。

ただ箸を手に食事をするだけで、目を奪われる。

「実際は、たぶん完璧じゃないけど、これからもよろしくね」

「はい、こちらこそよろしくお願いします」

テーブルにひたいがつきそうなほど頭を下げた里桜が、ゆっくりと顔を上げると、

「……っ」

正面に座る柊斗が、胸が痛くなるほど幸せそうに微笑んでいた——

§　§　§

退院して二週間が過ぎるころには、日中の気温が三十度を下回ることがほとんどなくなった。

なるべく涼しい時間を選んで散歩や買い物に出るものの、夕方でもまだ暑い。

そんなとき、柊斗が、

「たまにはふたりで買い出しに行かない？」

と声をかけてくれた。

「いいんですか？」

とてもありがたい申し出だが、平日は毎日忙しく仕事をしている彼だ。

週末くらいはゆっくり休みたいのではないだろうか。

「もちろん。この気温だと、買い物も大変だろうと思っていたんだ。毎日、おいしい食事を作ってもらっているしね」

たしかに料理はしているけれど、それだけだ。

この部屋は、毎日決まった時間になるとロボット掃除機が働きはじめる。

週二回、ハウスキーパーが来て水回りをピカピカに磨き上げてくれるので、キッチンやバスルームの掃除も普段はそれほど手間がかからない。

洗濯はするけれど、柊斗が仕事で着るワイシャツはクリーニングだし、タオルと下着と自分の衣類、それに週一度パジャマやリネン類を洗う程度だ。

——だいたい、リビングでのんびりしてばかりなんだけどいいのかな。

読書家の柊斗は、空いている部屋を書庫にしている。

そこには、作り付けの書棚いっぱいに本が並び、何度見ても圧巻である。

昼間、里桜はたいていリビングのソファで本を読んで過ごしていた。

「じゃあ、着替えて準備してきます」

「日焼け止めを忘れずにね」

「はい」

自分の部屋に戻り、クローゼットを開けて涼しい衣服を見繕う。

そういえば、最初は衣類もあまりなかったのに、洋服や下着、化粧品に靴、アクセサリー、日傘にレインコートまで、柊斗がどこからともなく取り寄せてくれた。

今では、クローゼットは夏物がいっぱいに詰まっている。

冬になったら、衣類の入れ替えが必要だ。

——こんなにお洋服を買ってもらっても、着ていく場所がないなあ……

キャミワンピに、シアー素材のブラウスを上着代わりに羽織って、薄く化粧を整えてからリビングに戻る。

「準備できた？　ちょっと待ってね」

キッチンに立つ柊斗が、ウォーターサーバーから持ち運び用のタンブラーに水を入れていた。

「暑いと、飲み物を持っていったほうがいいから」

「ありがとうございます」

白とブルーのタンブラーが、キッチンに置かれる。

夏の海と白い雲を思わせる、心地よい色合いだった。

「それじゃ、行こうか」

白いタンブラーをこちらに差し出し、柊斗が優しく微笑む。

「は、はい」

「たまには車も乗らないとね」

マンションの敷地にある駐車場で、彼の黒髪が夏の日差しに透けてキラキラと輝いている。

長身の体は長い影を落とし、里桜はなんとなくその影のふちをつま先でつついてみた。

彼本体に触れるのは躊躇するけれど、影くらいなら。

「里桜？」

「はあい」

助手席に乗り込み、徒歩では行けない距離の大型スーパーへ向かう。

遠出というには近すぎるかもしれないけれど、里桜はなんだか遠足に行く子どものように心が弾むのを感じた。

カートを押す彼が、何度もこちらを振り向く。

「ほかにほしいものは？」

「んー、お米とか」

「いいね。重いものは、僕が一緒のときに買う」

あまりスーパーでの買い物に慣れていないのか、柊斗は楽しそうに店内を見ていた。

週末の大型スーパーには、家族連れの姿が多い。

――結婚したからには、いつかわたしたちもあんなふうに……

「りーお」

「は、はいっ」

「何か、見惚《みと》れてた？」

訝《いぶか》しむ目で見られて、慌てて顔の前で手を振る。

「見惚れてないです！　あの、小さい子が多いから、かわいいなって」

「そんなに慌てて否定しなくても」

「う……、だ、だって、柊斗さんが」

「僕が？」

――いいパパになりそう、とは言いにくい。

「一緒に買い物なんて珍しいから、ちょっと緊張してるんです」

嘘ではなかった。

彼と一緒に出かけるのは、退院したばかりのころにインドカレーを食べに行った以来である。

平日は仕事があるのだから、なるべく彼の休日を邪魔したくない。

柊斗は休みの日、自宅でゆったりと過ごすのを好んでいるように感じていた。

「そっか。ごめん、気を遣わせてしまったかな」

大きな手が、ぽんと頭を撫《な》でてくる。

「違います。嬉しいなって」

「嬉しい？」

「はい。あ、でも、迷惑をかけたいわけじゃないんで！」

そう言った里桜に、彼が首を傾げた。

「僕は、何も迷惑には思っていないよ」

「だって、せっかくのお休みです」

「そうだね。休みの日は、里桜とずっと一緒にいたいと思ってる」

「えっ」

唐突な彼の言葉に、里桜は一瞬で頬が熱くなってしまう。

——きっと、わたしが記憶喪失だから心配で、目を離せないって意味で……！

「好きな子と一緒にいたいと思うのは、そんなに珍しいことかな？」

「っ……、そ、それは、その……」

彼の言う好きな人は、自分であって自分ではない。

頭ではわかっているのに、面と向かって真剣に言われるとどうしても胸が高鳴ってしまう。

こういうとき、里桜は申し訳ない気持ちになる。

柊斗の好きな里桜ではなくて、ごめんなさい。

別に里桜のせいで記憶がなくなったわけではないし、そもそも里桜だって『里桜』

ではある。

――でも、柊斗さんの言っている好きな子は、記憶のある『里桜』だから。

「それはそうとして！　柊斗さん、今夜、食べたいものはありますか？」

なんとかこの場を取り繕おうと、不自然さは承知の上で話の矛先を変える。

けっこうな力技だが、許してほしい。

「今夜か、そうだなあ……」

優しい柊斗は、里桜の考えなんてきっとわかっていて話題に乗ってくれるのだ。

しばし考え込んだ彼が、精肉コーナーを指さした。

「ハンバーグ、一緒に作ってみたいんだけど、どうかな」

「わかりました」

米や料理酒など重いものを一式、それから肉と魚と野菜を諸々《もろもろ》買って、ふたりは家路についた。

日が沈み、外気が日中よりほんの数度下がった夕刻。

「里桜、空気を入れてこねるってこれでいい？」

「あ、お上手です。そんな感じでお願いします！」

ふたりは、初めての共同作業に没頭している。

ハンバーグと、付け合わせの温野菜、枝豆の冷製スープにフルーツサラダという、シンプルで夏らしい献立だ。

ブレンダーでスープの材料を調理しながら、ハンバーグのタネをこねる柊斗をちらりと覗《のぞ》き見る。

調理用の使い捨てポリエチレン手袋を着けた彼は、ボウルの中身を丁寧に混ぜている。

自炊はしない彼が、ふたりで一緒に作ってみたいと言ってくれたのが嬉しかった。

——わたしのことを、ちゃんと妻だって認めてくれているみたいな気がして。

社会的な立ち場でいうなら、事実、里桜は染谷柊斗の妻なのだろう。

彼の会社の保険組合が発行してくれた健康保険証だって、そうなっている。

だが、世間ではなく彼が、柊斗自身が、認めてくれているとわかるのが、里桜を安心させてくれた。

個人的な記憶がないというのは、アイデンティティを失うことにほかならない。

足元に地盤がないのだ。

どこに立っているか、むしろ自分は立っているのか、立てているのか。

それすらも、自信がなくなってしまう。

——だけど、柊斗さんがいてくれるから、わたしはここにいてもいいって思える。

「どうかした？」

「え？」

「さっきから、熱い視線を感じるんだけど」

「！　あ、あの、ちょっとぼうっとしていて！」

彼は、里桜の返答をかすかに首を傾げて聞いてから、

「僕に見惚れてくれるのは、いつでも大歓迎だからね」

と、冗談なのか本気なのか判別しにくいことを言った。

——これは、なんて返事をしたらいいの⁉

真っ赤な顔で、金魚のように口を開閉するしかできなくなる。

事実、柊斗は見惚れるほど顔がいい。

「えっと、ごめん」

「え、えっ？」

「今のは冗談だったんだけど、沈黙が……恥ずかしくなった。慣れないことは言うものじゃないね」

夕食のしたくは、楽しくて恥ずかしくて、ときどきどうしようもないほど胸がぎゅっと締めつけられる。

こんな幸せな時間も、忘れてしまったのだろうか。

そうだったら、少しだけ悲しい。

ふたりで作ったハンバーグがおいしかったことを、これから先、ずっと覚えていられたらいいと里桜は心から思った。

第二章　だんだん、恋に落ちていく

空の色が、夏へと変わる。

八月が始まると、世界が光で満ちていく。

色鮮やかに、生きとし生けるものが夏を謳歌《おうか》する。

事故から一カ月近く過ぎても、里桜の記憶は戻らない。

だが、そのことを悩む時間も少なくなってきた。

毎日を積み重ねていくことで、今の自分が馴染んできたのかもしれない。

それと、柊斗が「記憶が戻らなくてもいいんだよ」と言いつづけてくれるのも、気持ちを楽にしてくれていた。

彼は、優しい。

ときどき、かわいくて、そういうところも魅力的だ。

――あんなにステキな柊斗さんが、どうしてわたしを選んでくれたのか不思議。

里桜の知らない以前の『里桜』は、彼に愛されるような女性だったのだろうか。

そのわりに、柊斗は里桜の記憶に頓着しない。

気のせいかもしれないけれど、記憶が戻らないことを望んでいるように感じることもあった。

「——……お、里桜?」

「は、はいっ」

湯上がりに、洗面所で髪を乾かしたあと、里桜はぼんやり考えごとをしていた。

ドアの向こうから聞こえてきた彼の声に、思わずその場で飛び上がりそうになる。

「大丈夫? ずいぶん、長くお風呂にいるから心配になって声をかけたんだけど」

彼の声には、いつも気遣いが含まれていた。

染谷柊斗という人物は、九十九パーセントが優しさでできている。

少なくとも、里桜はそう思っている。

残りの一パーセントは、まだ知らない彼の一面が何かある気がして。

「大丈夫です。髪を乾かして、のんびりしてました」

「そうか。余計なことをごめん」

彼は、よく謝る。

たぶん、柊斗にとっても今の里桜は、腫れ物扱いするよりないのだ。

「いえ、そろそろ出ますね」

――でも、きっとわたしだってそう。身近な人が記憶喪失になったら、そういうふうに接すると思う。

それが彼の優しさなのは、わかっていた。

ただ、ときに寂しく感じてしまう。

――贅沢《ぜいたく》だな、わたし。

彼の優しさに甘えている自覚はあった。

「ねえ、里桜」

「はい？」

「今週末なんだけど、予定あいてる？」

考えるまでもなく、特に予定はない。

そもそも里桜は、毎日のんびりと療養生活をしている。

――そんなことは、柊斗さんだって知ってる。だけど、ちゃんとわたしの予定を確認しようとしてくれる。

不意に、脳裏を何かがかすめた。

『やだ、りおいかない』

『駄目よ。里桜は沖野家のひとり娘なの。あなたがちゃんと参加しないと、お父さんとお母さんに迷惑がかかるの、わかるわね？』

あれは、まだ小学校に入学するよりも前のこと。

幼稚園のお友だちの家でクリスマスパーティーがあって、母は連れていってくれると言っていたのに。

――急に、お父さんの会社の人のパーティーに行くって言われたんだ。

まだ若い母の姿が、一瞬で思い出された。

『里桜は、ほかの子たちと違うの。沖野の家を継ぐのはあなたしかいないんだから――』

『いずれしかるべきおうちからお婿さんをもらうことになるわ。あなたが背負うものは大きいの。ひとりではとても背負いきれないほどに』

――……知ってる。そう、わたしはずっとお母さんから、そう言われて育ったんだ。

記憶を失ってから初めて、こんなに具体的に思い出せた。

いい思い出とは言えないけれど、自分の育った環境がどういうものだったか、断片が見えた気がする。

「里桜？」

「あっ、すみません！　えっと、週末、予定ないです！」

柊斗の質問に答えていなかったのを思い出し、慌てて返事をした。

そのまま、廊下に通じるドアを開ける。

心配そうな表情の彼が、じっと里桜を見つめていた。

「お風呂、気持ちよかったです。ちょっと、ぼうっとしちゃうくらい」

「それだけ？　何かあった？」

「ううん、何も……」

うつむきそうになる自分を、里桜は必死に鼓舞する。

これ以上、彼に心配をかけたくない。

「それより、週末は何かあるんですか？」

いつもより明るい声を装って尋ねると、柊斗が微笑んでうなずく。

「花火大会に行かないかなと思って」

「……っ、花火大会……！」

行きたい、と反射的に思った。

顔にも出ていたのかもしれない。

柊斗がこちらを見て、かすかに目を瞠る。

「興味がありそうだね」

「う、あります」

「どうして困った顔をするの？　一緒に行くのは嫌かな？」

「まさか！　嬉しいです。一緒に行きたいです！」

勢い込んで答えると、壁によりかかった彼が口角をきゅっと上げた。

――笑顔がかわいい。

七歳も年上の男性相手にかわいいだなんて失礼かもしれない。

里桜は、今まで何度も柊斗を見ていてかわいいと感じたけれど、その十倍以上、彼がかっこいいことも知っている。

「よかった。一緒に行こうね」

「はい。ありがとうございます」

「お礼はいらないよ。僕が、里桜と行きたかったんだ」

いつだって、彼は何も押しつけてこない。

ただ自分がそうしたいから、よかったら――と、手を差し伸べてくれる。

その手を取るのはきみの自由だと、里桜の意見を尊重してくれる。

だから、胸が痛くなるのは彼のせいではないのだ。

――ほんとうは、その笑顔を向ける先にいるのは、柊斗さんが好きになった『里桜』なんだ。

いけない、と自分を戒める。

一カ月も記憶が戻らない日々を過ごしてきた。

いつまでも、記憶があったころの自分をうらやむのはやめるべきだろう。

もしかしたら、このまま一生、思い出せないことだって――

違う。思い出したこともある。

楽しい記憶ではなかったが、母との会話を思い出したではないか。

「あの、柊斗さん」

「ん？」

「さっき、少しだけ思い出したんです」

「……記憶が、戻ったということ？」

柊斗の表情から、笑みが消えた。

「あ、ほんとうに断片でしかないんですけど」

「うん」

「子どものころ、母と話したことを思い出して……」

内容は、言いたくない。

だけど、これまでずっと記憶のないままの里桜を面倒見てくれていた柊斗に、少しでも思い出せたことがあるのを秘密にするのも嫌だった。

彼には、できるかぎり誠実でいたい。

それはきっと、柊斗が誠実な人だから。

――わたしも柊斗さんに少しでも応えられる自分でいたいんだ。

どんな反応が来るかわからなくて、里桜はぎゅっと目を閉じる。

こわばった肩に、一瞬彼の手が触れて。

次の瞬間、ふわりと体が包み込まれる。

「っっ……!?」

思わず目を開けてしまった。

見えるのは、柊斗のシャツだ。

――抱きしめ、られてる。

「無理に思い出さなくて、いいんだよ」

「柊斗さん」

「僕は、里桜が幸せでいてくれるのが何より嬉しい。そうあってほしいと思うし、きみの幸せを守るためにできることがあるなら、なんだってする」

喉元まで心臓がせり上がってくる錯覚に陥った。

優しく包まれているだけで、逃げようと思えばきっと簡単なのはわかる。

それなのに、全身が甘く震えて動けない。

頭上から静かにかすめる彼の息に。

服越しに触れた体から伝わる心音に。

背中に熱い手のひらが、里桜の心をじわりとにじませる。

――男の人の、体。

なすがままで、彼の背に腕をまわす余裕もない。

全身で、今、柊斗を感じていた。

「……ごめん」

離れていく彼の体が、少しだけ寂しい。

「謝らないでください……」

「いや、でも、里桜の気持ちを確認しないで勝手なことをしたから」

「そうしたいって、思ってくれたんですよね？」

前髪の下から見上げた彼は、いつだって完璧な柊斗ではなくて。

「……はい、そうです。ごめんなさい」

赤面した顔で、気まずそうに恥ずかしそうに目を伏せている。

「わたしは……覚えていないけど、柊斗さんの妻、ですから」

「うん」

だから？

自分でも、何を言おうとしているのかわからなくなった。

「だ、だから、その」

「もっとしても、いいの？」

「そういうことではないんですけどっ！」

「ははっ、違うんだ？」

照れ顔で笑う彼が愛《いと》しくなるのは、まだ思い出せない記憶のせいなのだろうか。

それとも。

――誰だって、好きになるに決まってる。こんなに優しくて、かわいくて、かっこよくて、大切にしてくれる人のこと、何も思わずにいられないよ。

「花火大会、楽しみにしてます」

「ありがとう。僕も、とっても楽しみにしてる」

逃げるようにリビングへ駆け込み、キッチンでしゃがみ込んだ。

──心臓、壊れそう……！

両手でパジャマの胸元をぎゅっとつかむ。

エアコンの涼風が、熱っぽい体に心地よい。

──柊斗さんなら、わたしに何をしてもいい、なんて。

そんなことを言いそうだった自分が、信じられない。

彼がいい人なのは当然知っているし、ふたりが夫婦なのもわかっていた。

だけど、記憶はない。

柊斗に恋をしたときの自分のことを、思い出せない。

──なのに、あんなふうに距離が近くなると、呼吸ができないくらい彼に引き寄せられて……

もっと、知りたいと思った。

もっともっと、彼に触れたいと願った。

こんな気持ちをなんと呼ぶのか、記憶があったらわかるのだろうか。

§　§　§

土曜の夜の花火大会は、都内ではなく少し離れた場所で行われる。

十五時過ぎ、柊斗の運転する車でマンションを出た里桜は、聞いていた行き先と違う進行方向に首を傾げる。

「あの、柊斗さん」

「ん？」

日差し対策で、彼は薄く色の入ったサングラスをかけていた。

「行き先、こっちですか？」

「ああ、うん。驚かせようと思って言ってなかったんだけど」

「？」

「今日はまず、美容院に行きます」

「えっ」

そういえば、退院してから一度も美容室に行っていない。

自分の行きつけの店は、スマホに入っていたサロンアプリで確認している。

とはいえ、馴染みの美容師がいたとしたら、いちいち記憶喪失ですと説明するのが億劫《おっくう》で髪を放置していたのだ。

——わたしの髪、みっともないってこと!?

「里桜サーン、違うよ、落ち込まないでね？」

わざと節をつけた呼び方で、彼が小さく笑う。

「髪が変とかそういうことじゃなくて、着替えに行くんだよ」

「着替え、に？」

それも意味がわからない。

眉根を寄せて考え込む里桜を、ミラー越しに見た柊斗が今度ははっきりと声を出して笑った。

「ははっ、その顔かわいー」

「からかわないでください……っ」

「だって、ほんとうにかわいいから」

彼の運転は、いつもとてもなめらかだ。

急ブレーキも急発進もなく、車間距離はしっかり広く取って、無理な割り込みをすることもなければ、強引に割り込んできた車を嫌がる素振りもない。

柊斗らしいといえば、そのとおり。

彼はいつだって、余裕があって穏やかなのだ。

――……かわいいっ！

予約してもらっていた美容室で、言われるままに着替えをした。

正しくは、着付けだろう。

「とてもお似合いですよ」

「ありがとうございます。ひまわりの浴衣、ステキですね」

花火大会のために、柊斗はわざわざ浴衣と美容室を準備してくれていた。

髪はアップにしてもらい、おくれ毛をふわりと引き出してくれている。

いつもより、少し大人っぽい自分が鏡の中からこちらを見ていた。

「染谷さまには、お仕事でもいろいろとお世話になっているんです。ご結婚されたと聞いていたので、奥さまにもご来店いただけるのは光栄です」

オーナーの女性が、里桜の横でほんとうに嬉しそうに言う。

彼の仕事は、染谷グループの貿易部門だと聞いている。

貿易と美容室には、何かつながりがあるのだろうか。

「そう、なんですね。こちらこそいつも夫がお世話になっております」

染谷が、と言うべきだったのかもしれない。

――夫。初めて、人前でこんなふうに柊斗さんのことを呼んだ。

「染谷さまもお着替え終わっているので、そろそろ向こうに行きましょうか」

個室で着付けとセットをしてもらったので、浴衣姿はこれから初お目見えだ。

緊張する気持ちと、彼にかわいいと思ってもらいたい気持ち。

里桜はドキドキしながら、オーナーのあとをついてフロアに戻る。

だが、浴衣姿の柊斗を目にした瞬間、目が釘付《くぎづ》けになってしまった。

「っっ……！」

フロアで、男性の美容師と立ち話をしている彼は、普段と違う浴衣姿があまりに美しすぎる。

グレーの浴衣に紫紺の帯を締めた柊斗は、いつも以上にすらりと細身が際立っていた。

仕事のときとは違う、ラフな髪型も似合っている。

――どうしよう。こんなステキな人の隣になんて立てない！

「かわいい……っ！」

だが、こちらに気づいた柊斗は下駄《げた》で駆けてきた。

普段と違う足音が、近づくほどに里桜の鼓動を速くする。

「この浴衣、似合うだろうと思って選んだけど、想像以上によく似合ってるよ。僕の妻がかわいすぎて、みんな驚くだろうな」

「しゅ、柊斗さん……っ」

あまりに満面の笑みで、無邪気すぎる発言をする彼に、里桜のほうがひどく困惑してしまった。

周囲から見たら、バカップルののろけに思われるのではないだろうか。

「染谷さまのお気持ち、わかりますよ。おふたりとも、とてもお似合いです」

男性美容師の言葉に、オーナーも大きくうなずいている。

「そ、そんな、あの……」

耳まで真っ赤になっているのが、見なくてもわかった。

里桜はもじもじと柊斗のかげに隠れようとする。

「自慢の妻ですから」

人前でこんなふうに言われるのも初めてだったので、気持ちをどこに置いていいのか悩ましい。

夫、妻。

互いにそういう属性で呼び合うのに、慣れていないのだ。

「今日はご利用ありがとうございます。また、ぜひいらしてくださいね」

「はい、ありがとうございます」

それから浴衣で車に乗り、今度こそ花火大会の場所へ向かう。

運転席に座る彼がまぶしくて、いつも以上に目を見られなくなった。


ドーン、パラパラパラ……

川辺で見上げた夜空に、色とりどりの花が咲く。

「きれい……」

人混みの中でふたり、並んで見上げる夏の大花火に思わず感嘆の声が出た。

「うん、きれいだね」

終わりの近づいた花火大会は、盛り上がりを見せるほどに少しだけ寂寥《せきりょう》感が胸に込み上げる。

この夜が、終わらなければいいのに。

そんな気持ちで、里桜は柊斗の横顔を見上げた。

耳から顎のラインが精悍《せいかん》で、けれどどこか中性的な魅力も兼ね備えた人。

長い首が浴衣だと余計際立ち、色香を放っている。

きれいにカットした襟足に、触れてみたい。

すべらかな頬にも、形よい唇にも――

「……そんな目で見られると、僕も緊張するんだけど？」

唐突に、彼は花火を見上げたままで言う。

一瞬、意味がわからなかった。

「あ、ご、ごめんなさ……っ」

謝罪は、最後まで声にならない。

ふいうちに、柊斗が里桜の腰を引き寄せた。

周囲は誰も、こちらを見ていない。

皆、花火に夢中なのだろう。

手に手にスマホをかまえて、空を切り取っている。

――柊斗さん……？

里桜の体を抱き寄せて、彼が左肩に顔をあずけるような姿勢をとった。

そして、首筋に、熱が触れる。

「っっ……！」

キス、だった。

肌が甘く粟立つ。

まだ、夜空には花が開いているのに、隣やうしろの人には何をしているか絶対にバレているだろうに。

「……ん、かわいいよ、里桜」

耳朶《じだ》を舐めるようなひそやかな声が、里桜の心をせつなくさせる。

「こんな、ところで……」

「場所が違ったら、もっとしていいの？」

「………」

返事に詰まるのは、心臓が高鳴って自分の考えがまとめられないせいだ。

もっとしてほしいと言ったら、彼はどう思うだろう。

夫婦なのだから、おかしなことではない。

むしろ、何もないほうがよほど不自然だ。

「里桜？」

「……い、じわる……」

真っ赤な顔で見上げると、柊斗の黒髪越しに花火が見えた。

どうしようもないほど、心を奪われてしまう。

「その顔、反則。かわいすぎて我慢できない」

「え……、あ、んっ……！」

今度は首ではなかった。

彼の唇が、しっとりと里桜の唇に重なっている。

顎の下から胸の奥まで、甘い予感が体を焦がす感覚。

背中が震えて、膝のちからが抜けてしまいそうで。

里桜は、柊斗の浴衣にきゅっとしがみついた。

喧騒《けんそう》が、消えていく。

花火が打ち上げられる音さえ、聞こえない。

自分の鼓動が、大きすぎて――

§　§　§

「ほんとうに、おまえは何を考えているのかわからない。自分の息子ながら、悩ましいものだ」

染谷貿易の副社長室で、グループ総帥である染谷良一《りょういち》がため息をつく。

「僕は昔から、普通ですよ。ただ、染谷家の中では普通であることが浮いてしまうのかもしれませんね」

柊斗は執務机から立ち上がり、応接セットへと歩いていく。

父が会社までやってくるのは珍しいことだった。

だが、勝手をしている身としては、親が口出ししてくるのも仕方ないとわかっている。

——母さんじゃなく、父さんが来るとは思わなかったけれど。

「普通、か。私にはわからない感覚だ」

「それは、父さんが染谷家そのものですから」

ある意味、皮肉にもとれることを口にしてしまい、柊斗は笑ってごまかした。

良一が面倒くさそうに脚を組み替える。

「せめて、結婚の挨拶くらいしてもいいんじゃないのか？」

「したら、認めてくれましたか？」

「……まあ、母さんは無理だろうな」

染谷と沖野は、昔からライバル関係にある。

規模や歴史も類似した互いの企業が競い合うことは珍しくない話だ。

だが、ライバル関係にあっても表面上それなりのつきあいをするのが、大人の社会のルール。

その中にあって、ふたつの企業のトップがこれほど犬猿の仲なのは、祖父の代で上場した双方の会社が利権争いで大揉《おおも》めしたことにある。

昭和の話だ。

どちらもワンマン社長であり、かつては学友だった染谷と沖野の仲は完全にこじれきった。

それぞれの社長は、息子たちに徹底して相手企業を叩《たた》き潰《つぶ》せと教育し、それが柊斗の父と里桜の父である。

「父さんも、沖野の娘と結婚するのは反対なんでしょう?」

——実際には、もう結婚しているのだから反対されたところで離婚なんてする気はない。

「いや、私はそれなりにおもしろい試みだと思っているさ。ただ、母さんが嘆くのはわかってるだろ」

「まあ、それは……」

父・良一は、祖父の教育にそれなりに従ってはいたものの、もとより少々変わり者なところもあり、沖野家に対して執拗《しつよう》な恨みは持ち合わせていない。

ただ、染谷グループの幹部として働いている父の姉弟は祖父の考えを強く引き継いでいる。

そして、親戚づきあいをする中で彼らの考えに染まった母もまた、沖野家を毛嫌いしているのだ。

「いまどき、ロミオとジュリエットじゃあるまいし、家と家の都合で子どもたちが引き裂かれるなんてナンセンスだとは思っているよ」

「………」

「だが、大人なら大人のやり方を通すべきだったのも事実だ。柊斗、おまえ、会社も辞める気だろう」

「ご存じでしたか」

「当然だ。おまえが父さんと母さんのことをどう思っているかも、知っている」

見栄っ張りで、家の中ではろくに話もしないふたり。

大人になってわかったことは、父よりも母に問題があったという点である。

見合い結婚だった両親は、あまり良い関係を築けなかった。

父ではなく、父の家に嫁いできた母は、周囲の目を気にしすぎていたのかもしれない。

見目がよく、文武両道だった柊斗を、子どものころからパーティーや大人の集まりに連れ出したがったのも母だった。

——まあ、父さんもそれを止めなかったんだから同罪だ。

父が見栄っ張りだというのは、母から聞かされてそう思い込んでいた部分である。のちに、父が家族にそれほど感情を持っていない人物なのだと気づいてからは、少しだけ関係がマシになった。

あくまでマシ程度であって、変わり者の父と馴染める気もしないのだが。

「大人のやり方として、僕は会社を辞めるんです。いいじゃありませんか。父さんは、一族経営なんて馬鹿らしいと以前にも言っていましたよね」

「ふむ」

「息子が自分のあとを継ぐ必要なんてないと、ほんとうは思っているんでしょう？」

「会社は、能力のある者が継げばいい。それがおまえでないとは、私は言っていないよ」

「つまり、僕である必要もないわけだ」

何を言われても、譲る気はない。

かたくなになっている自覚はあれど、それは里桜を守るためだ。

彼女は、柊斗よりもひどい環境で育ってきている。

——僕は、彼女が自由に生きることを望んでいる。それはあの両親のもとでは、無理だ。

「無理を通せば道理が引っ込むということか。なんにせよ、それだけ自由を謳歌するなら、失敗したときに親に尻拭いしてもらえるとは思わないでもらおう」

「ええ、当然です」

不敵な笑みを浮かべた父子は、和やかとは言い難い空気の中で短い会合を終えた。

ひとり、副社長室に残った柊斗は小さくため息をつく。

——里桜の記憶が戻る前に、東京《とうきょう》を離れたほうがいいのかもしれない。

都内にいれば、どうしてもどちらかの家の者から横槍《よこやり》が入る。

新しく立ち上げる会社は、柊斗が東京に居つづける理由もない。

そういう企業を最初から検討したからだ。

彼女の記憶が戻る前に。

彼女がこれ以上、傷つく前に。

「……僕が、守るよ」

愛しい彼女の笑顔を思い出して、柊斗は窓の外の青空を仰いだ。

夏の空は、雲ひとつない。

今ごろ、里桜はどうしているだろうか。

§ § §

――あのとき、キス、したよね。

リビングのソファにごろんと横に転がって、里桜はフローリングの床をじっと見つめる。

毎日ロボット掃除機ががんばってくれるおかげで、染谷家の床はきれいだ。

いや、そんなことはどうでもよくて。

――キス……。記憶がなくなる前のわたしは、柊斗さんと何度もキスしていたのかな。していたんだろうな。だって、結婚するほどお互いに好きだったんだろうし……。

なんなら、キス以上のことだってしていておかしくない。

していなかったら、不自然かもしれない。

つまり、里桜に記憶がなくても体は柊斗を知っている。

「うわああん、なんか恥ずかしい言い回し！」

じたばたとクッションを蹴ってから、起き上がった。

蹴りつけてしまったクッションを直して、大きく深呼吸をする。

エアコンのよくきいた室内は、外の暑さを忘れさせてくれる。

まるで、柊斗といる自分だ。

ほんとうなら、記憶がないというのは大問題なのに、彼の優しさに包まれているおかげで何ごともなく平和な毎日を過ごしていられる。

里桜にとって、彼は真夏のエアコン。

だけど、エアコンは購入しないと手に入らないもので、使用した分だけ電気代を請求されるものだ。

柊斗はいつも、なんの見返りもなしに里桜を助けてくれている。

——もっと、わたしにできることがあったらいいのにな。キスは……さすがにお礼にならない！

自分の考えに、またも恥ずかしくなった。

さっきから、キスのことばかり考えている。

——つまり、これってもしかして、わたしのほうがキスしたくて仕方ないってこと？

「里桜」

「ひゃいッ！」

唐突にリビングの扉が開いて、自室にいたはずの柊斗がやってくる。

今日は、八月の土曜日。

「どうしたの？　すごい返事だったね」

「ちょ、ちょっとびっくりして……」

「そうだったんだ。驚かせてごめんね」

彼はタブレットを手にソファに座った。

そして、自分の隣の座面をぽんぽんと手で叩く。

「座って、ってこと？」

「もちろん」

言われるまま、腰を下ろした。

「タブレットで映画でも観《み》ようかと思うんだけど、一緒にどう？」

「…………」

即答できなかったのは、タブレットで観る理由が見当たらないせいだ。

リビングには、大型の液晶テレビがある。

何もひたいを突き合わせてタブレットをふたりで覗き込まずとも、テレビで配信動画を観たほうがいいのでは――

「タブレットで誘ったのは、距離が近いからだよ？」

「う、わ、わかってます。でもテレビのほうが」

「もう一回言うけど、タブレットで」

「……わかりました！」

もう十センチ、彼に近づく。

これでいい？　と、目線で尋ねた。

「よくできました」

美しい笑顔で、柊斗がタブレットを操作する。

一カ月以上、ふたりで暮らしてきた。

少しずつ距離が近づいてきている。

精神的にも、肉体的にも、互いを自分のパーソナルスペースに入れることに躊躇しなくなってきたのを、里桜も感じていた。

「里桜の好きなシリーズの最新作にしようか？」

「あの、お料理食べるだけの？」

「そう。料理をおいしく食べるだけの」

フィクションは、ドラマティックすぎてときどき心が追いつかない。

特に、今の里桜は強い刺激に脆《もろ》い。

感情を大きく動かされるのが苦手で、なるべくのどかで、なるべく平和なものを観たいと思う。

それを知った柊斗がおすすめしてくれたのが、全国津々浦々に出向いてはおいしい料理を食べるという、とてものんびりしたシリーズだ。

土曜の午後、リビングのソファで観る物語に、一時間も過ぎたあたりからあくびが出はじめる。

気づくと、柊斗も顔を背けては何度もあくびをしていた。

「眠いです……ね」

眠いですか？　と尋ねようとして、語尾を変える。

「おもしろいんだけど頭が回らないな……」

こてん、と彼が里桜の肩に頭を載せてきた。

やわらかな髪が鎖骨をくすぐり、一瞬で鼓動が速くなる。

「今日はここまでにして、お昼寝にしましょうか」

「ん――……」

「柊斗さん、ソファじゃなくベッドで寝たほうがいいですよ？」

しばし迷っていた彼が、「そうしようか」とタブレットの再生を止めた。

立ち上がり、伸びをひとつ。

もともと細長いシルエットが、腕を天井に向けて伸ばしたせいで、いっそう縦に長くなる。

「行こう」

柊斗がこちらに手を差し伸べた。

里桜も自室で昼寝をすると思われたのかもしれない。

「行きましょうか」

彼の手を取って立ち上がる。

ソファの前のローテーブルにタブレットを置いて、リビングのエアコンを消してからふたりは廊下に出る。

手はつないだままだ。

廊下の先、右のドアが柊斗のベッドルーム。

そこで手を放そうとすると、

「ん？」

彼が二度瞬《まばた》きをした。

「え？」

「昼寝するんだよね」

「はい」

「里桜は、昼寝のときもパジャマに着替えるの？」

「いえ、特には」

「じゃあ、そのままで平気だね」

「はい」

いったいなんの話だろう。

そう思っているうちに、彼のベッドルームに一緒に入ることになる。

寝室には、フロアベッドが置かれていた。

かなり大きめのマットレスは、ダブルサイズだろうか。

——え、えっと……？　まさかとは思うけど、わたしにここで一緒にお昼寝しよう、と……？

エアコンの温度を二十七度まで上げると、ガーゼケットをめくって柊斗が「どうぞ」と微笑んでいる。

たしかにベッドは大きい。

ふたりで横たわっても、まだ余裕がありそうだ。

病院を退院するときに、寝室は別にすると彼は言っていた。

現に、これまで一度もふたりの間にそういう関係はない。

「里桜？」

「あっ、は、はい」

——つまり、これはただのお昼寝の誘いで、それ以上の意味なんてぜんぜんないんだから、躊躇するほうがおかしい！　わたしがひとりで、余計なことを考えているだけ！

なかば自分を説得する流れで、ベッドに横たわる。

柊斗が隣に寝転がると、一気に緊張感が高まった。

「寒くない？」

「大丈夫、です」

「エアコンのリモコン、ここに置くから。もし気温が低いときは、上げていいからね」

「ありがとうございます」

背を向けるのも失礼な気がして、仰向《あおむ》けのまま一ミリも動けない。

こんな状態で昼寝なんて——

そう思っていたのもつかの間、すうすうと気持ちよさそうな寝息が隣から聞こえてくる。

——柊斗、さん？

ちらと横目で彼の様子を確認すると、里桜のほうを向いて彼は眠っていた。

よほど眠かったのかもしれない。

仕事も忙しいだろうし、家のことも手伝ってくれる。

里桜に気を遣ってくれる彼は、この一カ月ずっとがんばってくれていたと思う。

——無理をさせてしまったのかも。ごめんなさい、柊斗さん。

彼を起こさないよう、そっと体の向きを変える。

向き合った格好で、眠る彼のまぶたをじっと見つめた。

薄い皮膚に細く血管が透けて見える。

眠っていても、どうしようもないほど美しい。

ときどき、彼に触れたくなる。その頻度が、以前よりも多くなってきていることを、里桜は自覚していた。

――心が、引き寄せられていく。

伏せた長い睫毛《まつげ》も、薄く開いた形よい唇も、かすかに上下する胸も、彼が生きていることを感じさせた。

生命力と美貌の合わせ技に見とれていると、次第に里桜のまぶたも重くなってくる。

誰かの吐息を感じながら眠る午睡は、説明できない安心感があった。

まだ言葉にならない感情を胸に、里桜は幸せな午後を過ごしていた。

§　§　§

夕食のしたくをしていて、ふと体がだるいことに気づく。

何がどうということではなく、うっすらと続く吐き気で食欲が減退している。

何かひとつ行動するたび、少しの休憩を挟んでしまう。

お盆が明けて、残暑厳しい時期である。

遅めの夏バテが来たのかもしれない。

――今日は、ちょっと手抜きのお夕飯にしよう。

二週間に一度の通院はしているが、母との過去を思い出して以来、記憶は戻ってこない。

だんだんと、里桜自身も記憶がないことに慣れてきていた。

もしかしたらこのまま、新しい人生を生きていくのかもしれない。

それはそれでいいと思えるのも、柊斗の存在あってのことだ。

ミニトマトを四等分の櫛形《くしがた》にカットし、冷凍してあった釜揚げしらすを解凍する。

大葉とミョウガと海苔《のり》を細切りにし、冷やした出汁《だし》を準備した。

あとは冷たいごはんがあれば、冷製茶漬けのできあがりだ。

野菜のおかずは、作り置きの揚げ浸しがある。

ナス、アスパラガス、パプリカ、カボチャ、オクラ、ズッキーニを素揚げして、甘酸っぱく漬け込んでおいた。

──あとは、何かお肉かお魚を。

冷蔵庫を確認すると、豚肉と厚揚げがあったのでキャベツを加えてオイスターソース炒《いた》めを作ることにした。

今夜は、夏野菜と冷たいお茶漬けのあっさり献立だ。

「へえ、冷たいごはんで作るお茶漬けって、こういうのもあるんだね」

夕食の席で、彼は初めて食べる冷製茶漬けに驚いていた。

「夏は食欲がなくなるから、薬味が食べやすいよ。いつもありがとう」

「いえ、わたしもちょっと食欲がなかったから」

「里桜、具合が悪いの？」

急に、彼の声が険しくなる。

「ううん、具合が悪いというほどじゃなくて、夏バテだと思います」

「そうか……。でも、心配だからあまり続くようなら病院に行くんだよ」

「そうですね。来週、通院の予定があるので相談してみます」

「それがいいよ。食欲不振のほかは、平気なの？」

「ん……、ちょっと眠れない、とかですね」

「眠れない……か」

彼はしばし考え込み、手にしていた茶碗《ちゃわん》をテーブルに置く。

「里桜、先週一緒に昼寝したときはよく寝ていたよね」

「あ、そうですね。あのとき、すごく気持ちよく眠れました」

柊斗がいることで緊張し、柊斗がいることで安心した。

そんな不思議な午睡だった。

「だとしたら、僕と一緒なら眠れるかもしれないよ」

「えっ……!?」

思わず困惑の声が出る。

だが、彼の言いたいこともわからなくはない。

ひとりで眠れないのなら、ふたりで。

しかも、先日昼寝でお試しは済んでいる。

──あのときは、よく眠れた。でも……!

唇が、甘くわなないた。

それはまるで、彼のキスを期待しているようだった。

「だから、僕と一緒に寝ることにしよう」

言い方を変えて、もう一度。

柊斗の言葉に、里桜はなんと答えていいのか迷う。

「柊斗さんは、わたしが一緒で邪魔じゃないんですか?」

「かわいい妻と、同じベッドで寝るのを邪魔に思う理由なんてない。嬉しいだけだよ」

そこまで言われて、拒絶する理由が見つからなくなった。

――嬉しい？　ほんとうに？

「里桜が、僕に心を許してくれたみたいで嬉しい。ね、一緒に寝よう」

「……はい」

食事の残りは、どんな味だったのか思い出せない。

かろうじて全部食べたけれど、後片付けの記憶もない。

だけどこれは、記憶喪失ではなくて。

――柊斗さんと同じベッドで寝るって、ほんとうに……!?

里桜は、ずっと混乱しきっていたのである。

§　§　§

お風呂から上がり、歯磨きを終え、いつもより念入りにスキンケアをしたら、もう洗面所でやることがなくなってしまった。

わかっている。

このあとは、彼のベッドルームで一緒に眠る。

そういう話になっていた。

――もちろん、ただ寝るだけ。柊斗さんのことは信じてるし、わたしだってまだ記憶も戻ってないのにキス以上のことをするつもりは……

そう思ってから、そっと指先で自分の唇に触れてみる。

キス以上のことはダメならば、キスはしてもいいということだ。

一度は、したのだから。

二度目を拒む理由はない。

――柊斗さんは、どういうつもりなんだろう。

パジャマの裾をぎゅっと握り、里桜は鏡の中の自分と向き合う。

そこにいる自分を、ちゃんと自分だと認識できる。

事故のあと、目を覚ましたときとは違う。

柊斗がそばにいてくれて、いつも優しくしてくれて、支えて励まして、里桜を認めてくれていた。

――あの人がいるから、わたしは今の自分を不安に思わなくなった。それはきっと、彼がわたしを染谷里桜だと思わせてくれるおかげ。わたしを、記憶のあったころと同じように好きだと言ってくれるから……

うつむきそうになる気持ちを、ぐっと上に向けて。
もし、今夜彼がキス以上のことを望んだら、そのときには全部受け入れよう。
里桜は心を決めた。
聖人君子みたいな柊斗だって、健康な三十一歳の男性である。
妻と同じベッドに入って、何もなく朝を迎えることを望んでいるかはわからない。
いや、普通に考えて何かしたい可能性のほうが高いだろう。
――柊斗さんなら、いいの。ほかの誰かじゃ嫌だけど、柊斗さんだったら……
それが、彼への純粋な信頼による感情ではないことを、里桜ももう気づいている。
――わたしは、柊斗さんを好きだから。
いつの間に、こんなに好きになっていたのだろう。
彼を失うのが、何より怖い。
そばにいるために、自分も努力しなければいけないのだ。
「……がんばろう、ね」
鏡の中の自分に言い聞かせて、里桜は洗面所を出た。
廊下を数歩、彼のベッドルームのドアの前で、足を止める。
コンコン、とノックをすると、声をかけるより先に室内から「入っておいで」と呼ばれた。

そっとドアを開ける。

ベッドルームには、間接照明のやわらかな光が揺らいでいる。

「あ、廊下の電気、消しますね」

「うん、ありがとう」

室内に入ると、さっきまで洗面所にいたからか、湿度が少なく快適に感じる。

それとも、柊斗のそばにいると呼吸がしやすいのかもしれない。

——不思議だな。好きな人といると、世界が違って見えてくる。

過去に彼に恋をしたときも、里桜はそんなふうに思ったのだろうか。

「はい、どうぞ」

「お邪魔、します」

ベッドにするりと滑り込み、彼の隣に横たわる。

——柊斗さんが、好き。

「里桜は暗いほうが好きだよね？」

「……たぶん」

曖昧な返事は、わざと焦らしたわけではなくて、好き嫌いで考えたことがなかったせいだ。

「いつも、寝室は遮光カーテンを使ってるみたいだったから」

「あ、そうですね。じゃあ、好きってことなのかも」

ふふ、と小さく笑った里桜を、彼が優しい目で見つめている。

その目に映る自分が、好きだ。

彼の世界にいると、すべてから守られているような気持ちになる。

同時に、この世に悲しいことなんて何もないと思える。

「わたし、柊斗さんの目が好きです」

「……突然だね。だけど、里桜に好きになってもらえる部分があって嬉しいよ」

「前から、優しい目の人だなって思ってました」

どちらからともなく、ふたりはそっと身を寄せた。

エアコンの冷風は寒いほどではないけれど、ふたりの隙間を埋めてしまいたかった。

「僕も里桜の目が好きだよ」

彼が里桜の肩を優しく抱き寄せる。

そして、かすめるようにまぶたにキスされた。

「それから、サラサラの髪も好き」

唇は、前髪の生え際に触れる。

「おでこもかわいい」

「もう、冗談じゃなくて……」

「僕も冗談のつもりなんかない。里桜の全部がかわいくて、愛しくて、大好きなんだ」

目と目が、見えない線で結ばれる。

互いの目に心が吸い寄せられていく。

「唇も、好き」

「しゅう、と、さん」

「だから……」

キスして、いい？

それは、声だったのだろうか。

あるいは、彼は続きを声に出していなかったかもしれない。

声が聞こえてくるより早く、ふたりの唇が静かに触れ合った。

——どうしてだろう。キスすると、胸がせつなくて泣きそうになる。

唇には、特別な感覚があるのだろうか。

手をつなぐのとも、体が触れ合うのとも違う、キスでしか感じないもどかしさが確実に存在する。

「ん……」

「怖がらないで。もっと、僕のほうにきて、里桜」

「柊斗さん……」

体をぴたりと寄せ、彼の鼓動をパジャマ越しに知る。

どくん、どくん、とふたつの鼓動が重なった。

「キスは、許可してくれてるって思っていい？」

「っ……そ、そんなの、聞かないで」

「教えてくれないとわからない。僕は、里桜のことが好きだから、嫌がることはしたくない。だけど、里桜のことが好きだから、ときどきどうしようもなく抱きしめたくて、キスしたくてたまらなくなるんだよ」

遠く、花火大会の音が聞こえるような気がした。

それはただの空耳だ。

今夜のふたりには、エアコンの静かな稼働音くらいしか聞こえないのに。

「花火、が」

「うん？」

「きれいだったから、キスしたくなったのかと思ったんです」

「はは、それだけじゃなかった。ごめんね」

「違うんですっ」

彼の手を、両手でぎゅっと握る。

里桜より体温の高い、柊斗の大きな手が好きだ。

緊張しているせいで、湯上がりなのに自分の指先が冷えているのを感じていた。

――なんて言ったら、伝わるのかな。だけど、どう言ってもきっと、この心の全部を伝えるなんてできないんだろうな。

記憶を失くしてからの一カ月と少し。

この感情は、インプリンティングみたいなものかもしれないと、自分でも思うことがある。

――でも、やっぱり胸が痛くなる。あなたのことを考えると、いつだって……

「！」

里桜は、心を込めて彼の指先に唇をあてがった。

好きだからキスしたくなる、と柊斗は言った。

ならば、彼の手にキスする意味をきっとわかってくれるのではないだろうか。

「ねえ、里桜。僕を誤解させる行動は、あまりおすすめしないよ」

「……誤解じゃ、ないから」

「だとしても、ベッドでふたりきりだってわかってるのかな？　きみを大事にしたいから、嫌がることはしたくないんだ」

柊斗が、両腕で里桜を抱きしめる。

彼の鼓動が、大きくはっきりと聞こえてきた。

聞こえるのではない。

体に、響いてくる。

「柊斗さんは、だって、わたしの……」

「うん」

「夫、なんですよね……？」

「そうだよ。だからって、里桜を好きにしていいわけじゃない。里桜に、好きになってもらいたいんだ」

「……だったら、もう、なってますよ」

「里桜」

息を吸うのどが、焼けるように熱い。

心を言葉にするのは、いつだって難しくて、逃げ出したくなる。

だけど、伝えたい。

──わたしの人生のほとんどのことを忘れていても、柊斗さんを好きになった。何度出会ってもきっと、わたしは柊斗さんに恋をする。

「好き、です」

「っっ、は……」

こらえきれないとばかりに、柊斗が唇を奪う。

最初から、彼のためだけに差し出されたものだ。

キスしてほしいと、里桜も思っていたのだから──

「もう一度、僕に恋してもらえるよう努力するつもりだった」

「そう、なんですか？」

思い出してもらえるよう、ではなく。

もう一度、恋してもらえるように、というのが柊斗らしい。

「また、里桜に好きと言ってもらえた」

首筋に、彼の息が当たる。

「僕のことを忘れても、また好きになってもらえた」

「そ、それは、だって……」

「嬉しくて泣きそうって言ったら、笑う?」

彼の声はいつもと同じく優しくて、だけど心の底から喜んでくれているのが伝わってくる。

かすかに、音を立てる気がした。

心が、息が熱い。

「……笑いません。だって、わたしも好きだから」

もう一度キスをかわすと、夜が深まっていく。

抱き合うだけでは足りなくて、何度も何度も心を捧《ささ》げて、それでもまだ足りなくて近づきたいと願う。

その意味を、知らなかった。

忘れていたのかもしれない。

五感すべてで、つながることを知る夜に、

「好きでおかしくなりそう。里桜、僕だけの里桜……」

彼の声が、鼓膜を甘く震わせていた。

§
§
§

八月も終わりに近づき、里桜と柊斗の生活は普通の新婚夫婦そのものになりつつある。

こうなってくると、記憶があろうとなかろうと構わないと最初から言ってくれていた彼の優しさをあらためて感じてしまう。

少なくとも、今、もし柊斗が自分を忘れてしまったら、里桜は耐えられないほどの悲しみに襲われるだろう。

——柊斗さんだって、悲しかったのかもしれない。なのに、わたしを急《せ》かさないように気をつけてくれてる。

今が幸せなのだから、このままでいい。

そう思う反面、彼との思い出を取り戻したいと考えることが増えてきた。

次に病院に行ったときには、記憶を戻すためのリハビリはないのか聞いてみようと思っている。

「里桜は、今日、病院に行く日だっけ?」

「そう。夏バテのことも、一応相談してきます」

朝の準備を終えて、柊斗が玄関で靴に足を入れる。

「もし具合がよくなかったら、帰りはタクシー使って」

「ありがとう。でも、そんなに心配しないでくださいね」

一緒に眠るようになってから、急激に距離が近づいてきたのを感じる。

里桜自身、柊斗と話すときの自分が以前よりもリラックスしているのがわかっていた。

ほんとうは、敬語は使わなくていいと言われている。

完全になくすのは、まだまだ難しい。

「それじゃ、いってきます」

「いってらっしゃい」

触れるだけのキスをして、彼が家を出ていった。

心は安定しているのだが、ここ二週間ほど体調が優れない。

そのせいか、妙に昼寝をしてしまうのも続いていた。

——とりあえず、病院で相談してみよう。

だが、話を聞いて検査をした結果、医師の判断は里桜の想像とはまったく異なるものだった。

診療科も、婦人科に移動して診察室で言われたのは、

「染谷さん、妊娠していらっしゃいますね」

という、青天《せいてん》の霹靂《へきれき》ともいえる言葉だ。

「……………え、えっ⁉」

夫婦らしい生活を送るようになったのは、ほんの数日前から。

――なのに、どうして？　わたしが柊斗さんとしていることがバレてるの⁉

一瞬で顔が真っ赤になる。

この病院の病室で目を覚ましてから、一カ月半が過ぎている。

柊斗と暮らして、それだけの時間が過ぎた。

「あ、あの、でも、わたし……」

「落ち着いてください。大丈夫ですよ」

以前からの担当医も、一緒に診察室に来ている。

なんだろう。少し、彼らの表情が暗い。

「何か、問題があるんでしょうか？」

里桜も不安になって、医師ふたりを交互に見やる。

婦人科の女性医師が電子カルテを確認し、「染谷さん」と静かに名前を呼んだ。

「先月の頭に、怪我をして記憶に障害が出ているというのは間違いありませんか？」

「はい。少し思い出したこともあります。でも、今も事故以前のことはほとんどわかりません」

「そう、ですか」

歯切れの悪い医師に、じわじわと不安が募っていく。

「このあと、エコーで見てみることになりますが、もしかしたら妊娠は事故より前かもしれません」

「……え……？」

まだなんの実感もない腹部に、里桜はそっと手を当てる。

事故よりも、以前。

それはつまり、記憶にないときの行為で妊娠しているということになる。

——相手は柊斗さん以外、考えられない。

記憶がなくたって、自分を信じる。彼を、信じる。

「ご結婚は、七月の初めでしたね」

「……はい」

「まずは、エコーをしましょう。赤ちゃんの心臓の音が聞こえるかもしれません」

結婚していて、妊娠が判明する。

それは、もっと喜ばしい場面を想像していた。

――わたしの記憶がないから、みんな心配そうな顔をしているの……？

そして里桜自身も、やはり不安な気持ちになっている。

柊斗と愛情をたしかめ合うようになったあとの妊娠でないことは、火を見るよりも明らかだ。

自分の記憶にない、時間。

そこで生まれた命のことを考えると、感情がざらりとやすりをかけたような手触りになる。

――柊斗さんに、相談しないと。待って、それよりも妊娠初期にそういうことってしていいの？

――赤ちゃんに負担があったらどうしよう。

夏バテだと思っていた諸症状は、どれも妊娠初期の体調に当てはまった。

何より、退院してから一度も月経がない。

おかしいなとは思っていたけれど、もとのペースや最終月経期間もわからないから、まだ様子を見ている段階だった。

「染谷さん、画面見えますか？」

「はい」

たいらな腹部に当てられた機器が、緊張を煽《あお》る。

「ここ、子宮がひと回り大きくなっています。胎嚢《たいのう》といって、赤ちゃんを包んでいる袋がこれですね。すでに手足がはっきりわかる状態なので、子宮の大きさから考えても、妊娠七週か八週に入っている可能性が高いです。心拍がもうわかりますね」

「そんなに、育ってるんですか……？」

「正確な週数は、次回もう一度赤ちゃんの大きさを測って、確定になります。ただ、少なくとも六週以下ということはないでしょう」

３Ｄエコーの写真をプリントしてもらい、帰りに母子手帳の受け取り方を教えてもらった。

何が起こったかわからないうちに、妊娠しているという事実だけを抱えて、里桜は病院を出る。

残暑光が、病院の駐車場に並ぶ車のフロントガラスに反射している。

——どうしよう。どうしたらいいんだろう。

まず柊斗に話すべきだと、頭ではわかっているのだ。

だが、もし。

この子が、柊斗にとって心当たりのない子だったなら。

真昼の太陽を浴びているのに、背筋にぞくりと冷たい感覚が走る。

——最後の生理がいつかわからないけど、少なくともわたしが入院するより前だと思う。だとすると、六月の終わりか、それより前……

バッグの中のスマホが、ブブ、ブブ、と小さく振動した。

のろのろと取り出すと、液晶に柊斗の名前が表示されている。

『今日は最高気温三十四度だって』

『病院の帰りは、タクシーを使ってね』

体調の悪い里桜を気遣ってくれる、優しいメッセージ。

だけど、彼もこれが夏バテではなく妊娠だと知ったら驚くだろう。

——柊斗さんだったら、喜んでくれる。そう思う、なのに。

どうして、伝えるのを躊躇してしまうのか。

記憶がなくても幸せだと、今朝も思ったはずだった。

不完全だ、と里桜は思う。

何かが喪失した状態で得た安寧は、その状況における最善ではあってもやはりどうにも不完全なのだ。

だから、ひとつボタンをかけ間違うと、一気に足元が崩れていく。

『ありがとう。タクシーで帰ります』

最低限の返事を送信すると、宣言どおりタクシーを拾った。

病院にはタクシー乗り場があるので、待つことなく乗れてほっとする。

「世田谷の――」

行き先を告げる際、一瞬躊躇した。

自宅に帰るか。母子手帳をもらいに行くか。

――次の検診で、何週かわかってからでもいい。たぶん。

「世田谷の砧にお願いします」

「かしこまりました」

タクシーが病院の敷地から出る。

遠ざかっていく病院の建物を振り返ると、いつもよりも大きく見えた。

バッグの中には、産婦人科でもらった資料がいくつも入っている。

まだ膨らんでいないお腹の中に、新しい命が存在しているだなんて、今朝まではまったく考えもしなかった。

§　§　§

マンションの少し手前でタクシーを降り、日傘を広げる。

柊斗が選んでくれた日傘は内側に星座が描かれているのがお気に入りだ。

出かけるときは、帰りに買い物をすることも考えていたけれど、今日はとにかく早く部屋に帰りたい。

ゆっくりして、水分をとって、これからのことを考えなければ——

「里桜」

日傘を深くさしていたせいで、前をあまり見ていなかった。

突然名前を呼ばれて、体がびくりとこわばる。

その声に覚えがないとは言えなかった。

「……おかあ、さん」

唯一、はっきりと思い出した過去の記憶。

実母が、マンションの敷地前に立っていた。

敷地の広い低層マンションは、道路や隣との境界に二メートルほどの外構が築かれている。

その内側には、敷地内のプライベートを守るために背の高い樹木が並んでいるため、日陰ができていた。

「どうして……」

「どうしてじゃないでしょう？　あなたが勝手なことばかりするから、お父さんもお母さんも困ってるのよ」

心配している、とは母は言わない。

何もかもを思い出したわけではないのに、心のどこかでひどく納得する気持ちがある。

そう、この人はこういう人なのだ、と。

「記憶がないなんて、親に内緒で結婚したからバツが悪くて嘘をついてるんじゃあないの？　あなた、昔からそうなのよ。都合が悪くなるとすぐ黙る」

「……………」

うつむいて、自分の足元に目をやった。

今日はサンダルを履いてきた。

これから、履くものも考えなければいけない。

——この子は、わたしの子。記憶がなくたって、わたしはこの子が大事なんだ。

「聞いてるの、里桜！」

ヒールの踵《かかと》を鳴らして近づいてきた母が、どん、と里桜の肩を押す。

「あっ！」

バランスを崩して、体が揺らいだ。

反射的にお腹に手を当てると、手にしていたバッグがアスファルトに落ちる。

視界がぐらりと大きく傾《かし》いで、背中が外構に当たった。

強い衝撃ではないけれど、そのままずるずるとしゃがみ込んで地面に膝をつく。

「まったく、すぐフラフラするんだから。大げさなのよ、あなたは」

突き飛ばしておいてずいぶんな言い草だ。

——だけど、病院で会ったときからこの人はずっとこんな感じ。わたしはきっと、両親の思ったとおりの娘じゃなかったんだ。

落ちたバッグを、母が拾ってくれる。

里桜は、体を起こしてゆっくりと立ち上がった。

「……里桜、あなた、これ……」

母は、バッグからはみ出していたのだろうか。産婦人科でもらった『はじめてのにんしん』という冊子を手に、わなわなと震えている。

——いけない！

考えるより早く、里桜は母の手から冊子とバッグを引ったくり、脱兎《だっと》のごとくマンションの敷地内へ走った。

「走っちゃ駄目よ！　危ないでしょう！」

背後から、母の声が聞こえてくる。

——お母さんは、いつも駄目と言う。だけど、今の『駄目』は……妊娠が発覚した娘に対する、母親らしいひと言だった。

§　§　§

「ただいま」

いつもどおりに帰宅すると、彼女が玄関まで出迎えてくれる。

「おかえりなさい」

やわらかな笑顔も、いつもと同じ。

いや、毎日見るたびに愛しさが増していくのだから、日に日に更新されていると言うべきなのか。

染谷柊斗にとって、妻の里桜はかけがえのない存在だ。

彼女の記憶があったときも、記憶が失われたあとも、その気持ちは変わらない。

むしろ、記憶がないことで救われている部分もあるのだから、苦しんでいる里桜に対して申し訳ないと感じる部分すらあった。

里桜の両親は、柊斗の両親以上に互いの家の争いに積極的だった。

そのせいもあってか、ひとり娘の里桜にかなりきつく当たる。

期待は、彼女を閉じ込める檻《おり》となった。

以前に里桜から聞いたことがある。

彼女は、いずれふさわしい家から婿を取って、家を継ぐために子どもを産むことを求められていた。

そして、それに反するすべての行動を禁じられて育ってきた。

現代において、あまりに旧態依然とした考えだと唖然《あぜん》とする。

たしかに柊斗も同じようなことを母親から言われたことはあるけれど、あのころは心を殺して生きていたため、特に気にしてもいなかった。

彼女は、自分とは違う。

真面目に両親の言葉に従って生きていた。

——きっと、里桜は親に愛されたかった。だから、諦めきれずにがんばっていた。

両親の望む自分になれたら、愛してもらえる。

愛してもらえないのは、自分が悪いからだ、と彼女は思っていた。

結婚を決めた理由のひとつは、里桜がその枷《かせ》から逃れられるように。

新しい家庭を彼女と築き、自分が里桜を愛することで親の呪縛を断ち切っていこうと考えていた。

——記憶を失ったことで、彼女はいったんすべての呪いから解き放たれた。

だから、というわけではないけれど、柊斗は彼女の記憶が戻ってほしいと積極的に考えてはいない。

今の彼女は、じゅうぶんに幸せそうだ。

何もかもなくして、もう一度自分を愛してくれた。

この手で里桜を幸せにしてあげられれば、記憶なんてなくたって構わない。

自分がいかに傲慢なことを願っているか、柊斗は知っている。

ふたりの思い出を彼女が忘れても、自分だけは覚えているからそれでいいだなんて、里桜の気持ちを慮《おもんぱか》っていない。

それでも、いずれ記憶は戻る。

自由でいられる間、楽に呼吸をしていてほしい。

ただそれだけだ。

「里桜、病院はどうだった？」

リビングには、トマトとガーリックの香りがしている。

今夜はパスタか、それともブイヤベースかラタトゥイユか。

キッチンを覗《のぞ》いて、答えはパエリアだと気づいた。

フライパンいっぱいのトマトとシーフードのパエリアは、食欲をそそるいい香りだ。

――おや？

返事がないので、どうしたのか彼女の顔を覗き込む。

「里桜？」

「あの……はい……」

うつむいた里桜が、スカートの布地をぎゅっと握りしめていた。

何か、言いにくいことがあるのか。

柊斗の頭の中を、一瞬でいくつもの可能性が駆け巡る。

病気が見つかったのか。

それとも、記憶が戻ったのか。

ほかには――

「お話ししなきゃいけないことはあるんです。でも、もう少し、待ってもらっていいですか？」

絞り出すような声で、里桜が尋ねてくる。

いずれ話してくれる気はあるということだ。ただ、今ではない。

「わかった。話せるときが来たら、話してほしいな」

「ありがとうございます」

力なく笑う彼女が、やけに儚《はかな》く見えた。

やわらかな長い髪も、色白の頬も、伏せた睫毛の影さえも、愛しくてたまらない。

――里桜が幸せでいてくれるように。ただそれだけでいいのに。

自分には、それすらも叶えられないのだろうか。

――違う。僕はもう諦めないと決めた。

「今夜はパエリア？　おいしそうな香りだね。着替えてくるよ」

「準備、しておきますね」

彼女と幸せになるために、何ひとつ諦めない。

かつて、自分の未来になんの希望も持てず、諦めることばかりうまくなっていた柊斗は封印した。

もう諦めなくていいのだと教えてくれた里桜のために。

——きみを好きになって、僕は変わったんだといつかかならず伝えるよ。

諦めないことで、ふたりの未来をつかむのだから。

§　§　§

八月が、ぬるい風の中で去っていった。

病院で妊娠を告げられてから、なんとなく不安で彼を拒んでいる。

もちろん、柊斗は不機嫌になったりしない。

それどころか、体調のよくない里桜を心配してくれていた。

「よかったら、旅行に行かない？」

朝、玄関で靴を履きながら、彼が言った。

「東京はまだ暑いから、涼しいところでのんびりするのはどうかな。温泉は好き?」

「温泉、いいですね。でも、もう少し体調が良くなってからのほうがいいかもしれません」

「そっか。ごめん、つらいのは里桜なのに」

「……っ……」

体調不良の理由を知らない彼に、罪悪感がないとは言えない。

ほんとうはすぐに話すべきだったのだ。

次の検診を終えてから話すと決めたけれど、その間ずっと柊斗に心配をかけている。

——柊斗さんには、知る権利がある。

「里桜」

優しく抱きしめられて、頭を撫でられた。

言わずにいる自分のせいでしかない苦しみでさえ、彼は取り除いてくれようとしている。

そんなふうに思えて。

「ごめんなさい……」

泣きそうになるのは、いつだって柊斗が優しいからだ。

「大丈夫、ゆっくり行こう。何も怖くないよ。僕がいつもそばにいるから」

「……………」

「健やかなるときも、病めるときも、きみが僕を忘れてしまっても、僕の気持ちは変わらない。だから、心配しないで」

「ありがとう、ございます」

「それじゃ、いってきます」

「いってらっしゃい。気をつけて」


その日、里桜は二度目の産婦人科に向かっていた。

前回、妊娠が発覚したときに柊斗に話すか迷った。

自分には、そのときの記憶がない。

彼と愛し合ったのは、記憶がなくなってからの里桜だ。

──あの人は、きっとすべてを受け入れてくれる。それがわかるからこそ、確実になってから話したほうがいい。

今日の検診で、胎児の週数がはっきりしてから彼に伝える。

「うん、ちゃんと伝える。それで……」

――柊斗さんと、ほんとうの家族になるんだ。

そう決めていた。そう、決めていたのに。

第三章　愛の記憶は消えない

「前回のエコー検査から、順調に成長していますね」

腹部に機器がひんやりと冷たい。

液晶に表示される胎児が、かすかに動いているように見えた。

「先生、あの、今、赤ちゃんって動いているんですか？」

「まだ動いていても、体感はないかもしれません。でも、元気に動いていますよ。十二週ですね」

「十二、週……」

とくん、と胸の内側で鼓動が響く。

初めて妊娠を告げられたときから、不安だけではなく嬉しい気持ちが里桜の中に存在していた。

赤ちゃんが元気だと聞いて、心が跳ねる。

今まで感じたことのない愛しさが、自分を満たしていく。

――わたしの、赤ちゃん。

正直、子どもがほしいという気持ちで彼に抱かれたのかと問われれば、そうではない。

柊斗が好きだから、彼ともっと近づきたかった。

彼をもっと知りたくて、彼にもっと自分を知ってもらいたかった。

だけど、今。

自分の中で生きている生命を前に、この子を守りたいと強く思っている。

——もしかして、これが母性っていうのかな。

だとしたら、自分が母になることで変わるものもあるのだろうか。

「母子手帳はもらいましたか？」

「あ、まだです」

「体調のいいときを見計らって、もらいに行かれてもいいかもしれませんね」

「はい、わかりました」

エコー写真をもらって、会計の待合室でじっと見つめていると、心の奥のほうが温かい。

——これは、『わたし』だけの感情。

記憶があったころの自分に、遠慮する部分がある。

いつも、ほんとうだったら自分はどう行動していたのだろうと迷う気持ちもあった。

だが、柊斗を好きになって、それが変化してきている。

もしかしたら、戻らないかもしれない記憶、思い出、過去の自分。

そこにしがみつくよりも、今を生きていくしかないのだと、今ここにいて幸せになっていいのだと、言葉ではなく柊斗は教えてくれる。

――わたしが、守るからね。

平たい腹部に手を当てて、里桜は自然と微笑んでいた。

今夜、柊斗に話そう。

彼にもエコー写真を見せて、どんな顔をするのか早く見たい。

会計を終えて病院を出る前に、里桜はメッセージアプリで柊斗に連絡を入れる。

『柊斗さん、今夜は何時ごろ帰ってきますか？』

『お伝えしたい、いいことがあります』

――とっても、ステキなニュース。早く、早くあなたに話したい。

前回と同じく、タクシー乗り場へ向かう。

今日はタイミングが悪いのか、待機しているタクシーは見当たらなかった。

待っていれば、きっと来るだろう。

屋根のある乗り場で、里桜はバッグからペットボトルの麦茶を取り出し、ひと口飲む。

病院の正面入り口から、タクシーが一台こちらに向かって走ってくるのが見えた。

後部座席に人が乗っている。

——あの人を降ろしたら、乗せてくれるかな。

タクシーは、里桜の目の前で停《と》まった。

そして、後部座席のドアが開く。

乗客は降りてくるのではなく、こちらに顔を出した。

「……お、かあさん」

沖野の母が、静かな声で「乗りなさい」と言った——

§ § §

ダンダン、ダダダンッ。

手が痛くなるのも構わず、里桜は必死にドアを叩いた。

「誰か！ 誰か、ここを開けて！」

返事はない。

沖野家では、誰も父に逆らわない。

どうして、ついてきてしまったのだろう。

記憶にないのに、既視感のある屋敷に連れてこられて、里桜は自分の行動を反省する。

ここは、里桜が生まれ育った沖野家だと母は言った。

タクシーの車内では、母が激昂《げきこう》することなく話してくれたから、油断していたのもある。

「里桜、あなたも母親になるのだから、結婚のことについてもきちんと話し合いたいの」

頭ごなしに否定されるのではなく、きちんと話そうと言ってくれたのが——嬉しかった。

——わたしは、もしかしてお母さんと仲良くなりたかったのかもしれない。

「わたしも、ちゃんと話したいです。柊斗さんがどんなにわたしを大切にしてくれるか、お父さんとお母さんにもわかってもらいたい……です」

そう話していたのは、今からほんの一時間前のことだった。

記憶とは不思議なものだ。

里桜は個人的な思い出を忘れたままである。

それでも、ここが自分の知っている家だときちんと理解できる。

玄関を入って、正面がリビングルーム。

右手の階段を上ると、二階に両親の寝室と里桜の部屋があり、亡くなった祖母の使っていた和室は仏間になっている。

――何かを、思い出せそうな……

「お嬢さま！　まあ、まあまあ、お元気そうで安心いたしました」

顔をほころばせたのは、エプロンをつけた五十過ぎの女性だ。

「……潮見《しおみ》さん」

彼女の名前が、考えるより早く口から出る。

両親すら忘れていたのに、長く仕えてくれていた使用人の名前はわかるだなんて皮肉な話だった。

「旦那さまが、奥でお待ちになっていらっしゃいますよ。どうぞ、お上がりになってください」

「ありがとうございます」

里桜は靴を脱ぎ、客用スリッパに足を入れた。

よく磨かれた床を静かに歩いて、母のあとからリビングへ向かう。

――わたしは、ここで育ったんだ。

リビングの中央にある、革張りのソファセット。

その中央に、父が座っている。

「あなた、里桜を連れてきました」

「ああ」

言葉少なに父がうなずき、使用人の潮見にお茶の準備をするよう伝える。

「里桜はカフェインはとらないほうがいいわ。潮見、麦茶の準備があったでしょう」

「かしこまりました。お嬢さまには麦茶をお持ちしますね」

うながされるまま、ソファに座る。

テーブルを挟んで、父が気難しい顔をしていた。

「結婚だなんて勝手なことをしたと思ったら、もう子ができたのか。おまえが、これほど親の顔に泥を塗るのを得意としていたとは知らなかった」

苦々しい声に、父が里桜の妊娠を喜んでいないことがわかる。

少なくとも、お腹の子どもに罪はない。

なのに、新しい命を歓迎できない父親を見て、里桜はむなしさを覚えた。

おめでとうとまで言ってくれなくとも、体を気遣ってくれた母とは違う。

父は、里桜を娘と思っていないのか。

それとも、娘だから自由にできると考えているのか。

「今日は、きちんと話そうと言われてきました。お父さんにそういう考えがないのでしたら、わたしは……」

「これ以上、勝手は許さん！」

お茶を運んできた潮見が、ビク、と足を止める。

「あなた、里桜はまだ記憶が……」

「そんなことはどうでもいい。我が沖野家の娘が、染谷の息子と結婚だなんて決して許さんと言っているんだ！」

胴間声に、体がすくむ。

里桜は、手にしていたバッグをぎゅっと抱きしめた。

「とにかく、子どもができてしまったことは仕方ない。だが、染谷の子として産ませるわけにはいかん」

——この人は、何を言っているの？

「離婚の手続きは弁護士にさせる。おまえは頭を冷やしなさい」

「待って……、待ってください。わたし、離婚なんてしません」

「何を言っている。実家に帰ってきたということは、親の話を聞く気になったということだろう」

「違います。わたしは、お母さんに話そうと言われたから」

「話はした。あとはおまえが理解すればいいだけだ」

一方的な会話の打ち切りに、里桜は言葉すら失ってしまった。

話をする気なんて、最初からなかったのか。

これは会話ではなく、自分の言いたいことを宣言するだけで、里桜の話を聞くつもりはなかったのだ。

「……帰ります」

ソファから立ち上がったところに、父が「離れに連れていけ」と大きな声を出した。

困ったような顔で、潮見がエプロンの端を握りしめる。

潮見以外の使用人が四名、申し訳なさそうに里桜に近づいてきた。

「やめて、お願い。わたしは、帰りますから」

だが、誰も何も言わない。

黙って里桜の手からバッグを取り上げ、腕を両側からつかんでくる。

「離して、潮見、助けて」

「お嬢さま……」

「しばらく、離れで過ごすといい。頭を冷やせ」

父の言葉を最後に、里桜は強引にリビングから連れ出され、庭にある小さな建物に押し込まれた。


それから、一時間が過ぎただろうか。

「開けて！　ここから出して！」

今、里桜は外から鍵のかかった部屋に閉じ込められている。

ダンダン、ダンッと、ドアを叩く。

小指が痺れるほど強く叩きつづけて、玄関に座り込んだ。

ここは、里桜が中学生になるまで使っていたピアノの練習室だった。

別邸として建てられた、防音対策を施した小さな建物。

家族からは離れと呼ばれる場所だ。

ユニットバスも冷蔵庫もミニキッチンもあるし、エアコンも完備されている。

ベッドはないが、ソファは背もたれを倒してベッド代わりに使うことができる。

——染谷の子として産ませるわけにいかないって、どういうこと？　わたしが柊斗さんと離婚すれば、この子は染谷家と関係ないって思ってるの？

わずかに里桜への同情心を感じさせる母と違い、父はあくまで里桜を自分の意のままにするつもりだった。

バッグは取り上げられている。

スマホも手元にない。

この部屋は無線ＬＡＮが使えるようになっているけれど、パソコンやタブレットは置かれていなかった。

監禁、という単語が頭に浮かぶ。

実の親に監禁されるだなんて、現実に起こっていいことだろうか。

「……わたしを、ここから出して。お願い……」

ひんやりと冷たい玄関に座り込んだまま、里桜は両手で顔を覆って泣き出した。

ズキズキと頭が痛む。

こんなことが、昔もあった。

――わたし、知ってる。そう、あの日も……

突然、記憶が波のように押し寄せてくる。

里桜はそのまま、玄関先で倒れ込んだ。

§　§　§

「いい、里桜？　あなたは沖野家のひとり娘なの。お友だちは選ばないといけません」

まだ五歳だった沖野里桜は、幼稚園の制服を着て、母の言葉に必死にうなずく。

「おともだちは、どうやってえらぶの？」

「お母さんが選んであげる。お父さんの会社のお知り合いの、棚本《たなもと》さんのお嬢さんが同じうさぎ組にいるでしょう？」

「たなもと、のえちゃん？」

「そう。のえちゃんと仲良くするのがいいわ」

「でも、今のおともだちもいっしょにあそびたい」

「里桜は、お母さんの言ってることがわかるわね？　沖野家の娘として、恥ずかしくないお友だちを選ぶ必要があるのよ」

「……はい、お母さん」

里桜を生むときに、母は出血が止まらず子宮を摘出していた。

だから、里桜にはきょうだいはいない。これからも、できることはない。

――お母さんをかなしませちゃいけない。

いつも、里桜はいい子でいようとがんばっていた。

沖野家のただひとりの跡取りと言われ、勉強も運動も習いごとも、両親に喜んでもらえるよう努力していた。

けれど、どんなにがんばっても両親が里桜に満足してくれないことも知っていたように思う。

家を継ぐというのは名ばかりで、ふさわしい家柄の婿を取り、その婿に会社を譲るのだと父が言っていたからだ。

物心がついたときには、里桜は両親の望むとおりに振る舞うようになっていた。

選択肢を前にしたとき、決断を迫られたとき。

いつも、沖野家の娘として正しい答えを選ばなければいけない。

――お父さんとお母さんが里桜はやっぱりダメねって言わないようにしなきゃ。

その結果、里桜は失敗を恐れる子どもになった。

大きな成功を収めたいと考えるのではなく、少しでも瑕疵《かし》のない状態を望む。

両親に応えるためには、沖野家の娘としてふさわしい行動をすべきだったのだ。

行きたくない習いごとで、ぐずぐず泣いたりしてはいけない。

好きなお友だちと遊べなくても、親に反論してはいけない。

苦手な食べ物を残してはいけない。

夜は早く寝て、トイレにはひとりで行かなくてはいけない。

小さな里桜には、しなくてはいけないことばかりが積もっていった。

——里桜がちゃんとできたら、お父さんもお母さんもきっと里桜を好きになってくれる。

その希望が、支えだった。

気難しい顔をしている父と、いつも着飾って出かけていく母。

里桜の幼稚園の送り迎えは、使用人の潮見がしてくれる。

「潮見さん、里桜ね、今日わるい子だったの」

「まあ、どんな悪いことをなさったのか、潮見にだけこっそり教えてください」

「お母さんに言わない？」

「ええ、秘密にします。お嬢さまと潮見の、ふたりだけの秘密ですよ」

帰り道で、潮見と指切りをした。

里桜にとって、いちばん本音を明かすことのできる身近な大人は、両親ではなく使用人だった。

「お弁当のほうれん草、のこしちゃったの……」

「お口に合いませんでしたか？」

「にがかったの。でも、すききらいしちゃいけませんってお母さんが言ってたから、がんばったの。ぜんぶ、たべられなかったから、わるい子だった」

「いいんですよ。お嬢さまはがんばったんでしょう？」

「がんばったけど、のこしちゃったよ」

「だったら、それはがんばったからいい子です」

「ほんとうに？」

「もちろんです。お嬢さまは素直でいい子ですからね。みんな、お嬢さまのことが大好きですよ」

潮見の言葉に、どれだけ救われただろう。

思えば、両親は里桜がまだ小学校に上がる以前から、子どもとして扱っていなかったのかもしれない。

小さな大人として、沖野家の家名に泥を塗らないことを求められていた。

その中で、潮見だけは里桜を幼児として見てくれていたのだ。

そして、いい子でいるよう小さな体で必死だった里桜は、クリスマス直前の週末に珍しく母に逆らった。

母が選んだ友だちと、言われるままに仲良くして、初めて迎えるクリスマス。

その友人宅で行われるパーティーに、母が一緒に行ってくれる約束をしていた。

けれど、母は父の会社関連のパーティーに里桜を連れていくと決めたのである。

当然、里桜の気持ちなんて聞いてはくれなかったし、相談だってなかった。

行きたくないとごねた里桜に、母は大人の理由を説いた。

納得したわけではなかったけれど、嫌だと言いつづけても母に嫌われるだけだと思ったから、里桜は言われるままに知らない大人たちの集まるパーティーに行くことになった。

きらきらと飾り付けられたクリスマスツリーがやけに大きかったことと、知らない年上の男の子がケーキの皿を取ってくれたことだけは覚えている。

小学校に入学して春の運動会が行われたとき、里桜は徒競走で転倒して膝を擦りむいた。

スタート時には一位だったのに、結局いちばん最後にゴールした。

練習ではいつもできていたことが、本番にうまくいかない。

大人になって考えてみれば、そんなことはよくある話だ。

しかし、幼い里桜にとって転んだ痛みと最下位になってしまったことは、どちらもひどくショックだった。

お昼に家族と食事をするとき、父の姿はなかった。

「お母さん、お父さんはいないの？」

「お父さんは会社に行ったわ。里桜が転んだのを見て、とてもがっかりしたのよ」

「里桜が、ころんだから……？」

――だから、一緒にごはんを食べてくれないの？　午後の玉入れも見てくれないの？

「残念だったわね。来年はがんばりましょう」

「……はい」

使用人の潮見が作ってくれたお弁当は、周囲の子たちのお弁当とくらべてもかなり豪華なものだった。

けれど、何を食べたか思い出せない。

口の中がもそもそして、転んだ自分を恥じる気持ちがずっと胸にのしかかっていた。

それから、里桜は毎年運動会のたびにお腹が痛くなるようになった。

競争をしなければいけないのが、ひどく憂鬱だった。

負けたら両親がどう思うか。それればかりが気になっていた。

一位を取ると、父は機嫌がいい。

父が嬉しそうだと、母の言葉もやわらかだ。

──わたしは、ずっと一位を取りつづけなきゃいけない。そうしないと、お父さんに恥をかかせるから。

小学校高学年になり、里桜は運命的な出会いをした。

年に数回参加する、父の仕事関連のパーティーだ。

そのときは夏の催しで、葉山《はやま》にある大きな別荘で花火を見る会だった。

十二歳になった里桜は、新しい浴衣を着せてもらい、写真を撮るのに夢中になっていた。

母が使っていたスマホのお下がりをもらったのもあって、自撮りが楽しい時期だったのだ。

毎年参加する面々はおおよそ決まっていたため、そのころには里桜も会場で話す同年代の女の子たちがいて、一緒に花火を見たり、かき氷を食べたりと夏を堪能していた。

二十時を過ぎて、子どもたちはだんだん宿泊する部屋へ移動していく。

一緒にいた女の子たちは、親に言われて会場をあとにしていった。

里桜の両親は、パーティーに行くとたいてい娘のことを忘れてしまう。

父は仕事仲間と酒を飲み、母は女性同士で美容やファッションの話に盛り上がる。

ひとりになった里桜は、テラスでスマホをぎゅっと握りしめた。

楽しいときは気にならないけれど、静かになったら足の痛みが強くなってくる。

慣れない下駄で、靴ずれができてしまった。

――足、痛い。お母さんに言ったら、ばんそうこうくれるかな……

だが、楽しそうに話している母は、怪我をしたなんて言ったら嫌な顔をするに違いない。

里桜はテラスに置かれたラタンのカウチソファに座り、スマホの画面を覗く。

はしゃいで写真を撮ったのに、あとから見るとちっとも楽しそうに見えない。

――わたし、笑うのがへたなのかもしれない。

ほかの女の子たちにくらべて、里桜だけ困っているような笑っているような、曖昧な表情を浮かべている。

昔から、カメラを向けられるとどんな顔をしていいかわからなかった。

大人たちの楽しそうな話し声をＢＧＭに、里桜は星の見えない夜空を見上げた。

ひとりぼっちだ、と心が告げる。

こんなに人がいても、誰も里桜に興味はない。

人混みの中と、ひとりぼっちの部屋。

どちらも違った寂寥感が、体の中に波を打つ。

スマホの画面を消して、テーブルの上にコトンと置いた。

そのとき、ゆらりと視界が暗くなる。

涙目になっていたのを、手でこすって顔を上げた。

視線の先に、とてもきれいな顔をした青年が立っている。

十二歳の里桜には、男性の年齢はよくわからない。

高校生か大学生か、はたまた社会人なのか。

――知らない、大人の人。

沖野家の娘として、ふさわしい態度をとらなくては。

母の教えを思い出し、里桜はぴしりと立ち上がった。

「こんばんは、わたしは沖野里桜といいます」

「あ、いいよ。気にしないで」

――え？

線の細い男性だ。

夜空よりも黒く、サラサラの髪が揺れる。

「僕も、人混みに疲れて外に来たんだ。きみも？」

「……そうです」

「大人はパーティーが好きだよね。まあ、きみから見たら僕も大人かな」

「お兄さん、です」

彼が、ふふっと上品な笑い声をこぼした。

ウッドデッキの手すりまで歩いていくと、彼がくるりとこちらに振り向く。

「お兄さんと言わせてしまった」

「ち、違います。お兄さんですよ」

「そう？　沖野さんはいい子だね」

「どうして、わたしの名前」

「さっき、自分で名乗ってくれたよ？」

――そうだった！

自分のそそっかしさに少し恥ずかしくなる。

「あの、お兄さんの名前は聞いてもいいですか？」

「僕は柊斗。名字は……秘密でもいい？」

「しゅうとさん」

「うん」

彼の隣に、歩いていこうとして、

「痛っ」

靴ずれしていたことを、すっかり忘れていた。

里桜は、思わずその場にしゃがみ込み、下駄の鼻緒を指で引っ張る。

「大丈夫？　靴ずれ？」

「……はい」

「ちょっと待ってて」

柊斗と名乗った男性は、足早に室内へ入っていく。

――どうしたんだろう？

使用人に話しかける姿が、人の合間から見えた。

それから数分後、彼は手に消毒液とティッシュボックス、ばんそうこうを持って戻ってきた。

「里桜ちゃん、そこに座って」

「え、でも」

「いいから。痛いのに、遠慮なんかしないでよ」

言われるまま、カウチソファに腰を下ろす。

柊斗は足元に片膝をつくと、里桜の足から丁寧に下駄を脱がせてくれた。

――王子さまみたい。

その姿は、下駄とガラスの靴の相違こそあれ、子どものころに読んだシンデレラの王子によく似ていた。

彼は丁寧に里桜の傷口を消毒し、ティッシュで流れる消毒液を拭き取ってくれる。

夏の夜に、ヒリヒリと痛む指の間が、先ほどまでとは違ってただの傷だと思えた。

痛いのは、足。心ではないのだと、わかる。

一生懸命ばんそうこうを工夫して貼ってくれる姿が、とても優しかった。

誰かの優しさに手当てしてもらうと、痛みが軽減する。

里桜は、そんなことを思った。

「これで歩けるかな」

「歩けます。ありがとうございます、しゅうとさん」

「どういたしまして」

立ち上がって、二歩三歩、試してみる。

「さっきより痛くない！」

「よかったね」

「あ……」

つい大きな声を出してしまったことに気づき、両手で口を覆った。

「どうしたの？」

「……あの、大きな声を出してしまったので」

「夜だから？　大人たちはもっと大きな声で話してるから大丈夫じゃないかな」

「そうじゃないんです。わたし、その……」

沖野家の娘として、ふさわしい行動を。

母の言葉は呪いとなって里桜に絡みついている。

「大きな声を出すのは悪いことだと、言われてる？」

どうしてわかるのだろう。

もしかしたら、この優しい人も同じようなことを言われたことがあるのか。

黙ってうなずくと、彼が「そっか。そういうことか」と納得したように顎に手をやった。

「きみはまだ子どもで、元気よく遊んでいるのがいちばんの時期なのにね」

「そう……でしょうか」

彼は何も言わない。だが、里桜も知っている。

幼稚園からずっと私立の一貫校に通っているからには、似たようなことを親から言われている子はいるのだ。

家柄や家風を大事にする、そんな家の子たちが集う学園に里桜は通っている。

——このパーティーに来ているってことは、しゅうとさんもそうなのかもしれない。

「やっぱり、僕の名字は名乗らないでおくよ」

「どうして？」

「きっと、知っていたら里桜ちゃんが怒られるから」

柊斗は、ひらひらと手を振って去っていく。その背中を、追いかけたくなった。

あの人は、わかってくれる人。

ほんの少し話しただけで、里桜はそう感じている。

――だけど、仲良くしてはいけない人？

里桜の家には、両親が天敵と呼ぶ相手がいた。

祖父の代から犬猿の仲の、たしか名前は――

「染谷さん」

小さな声で、口に出す。

夜風にも吹き消されてしまいそうなくらい、かすかな音だった。

けれど柊斗は、里桜のそんなか細い声も聞き漏らさず、ゆっくり振り返る。

「駄目だよ。シーッ」

口元に人差し指を立てて、彼が笑った。

その笑顔は、里桜の知るかぎり、どんな人より優しくてまぶしくて、胸がぎゅっと締めつけられる気がした。

中学に入学し、憧れていた水泳部の見学をした。

§　§　§

しかし、夕食の席でその話をしたところ、両親は眉根を寄せた。

「里桜、慎みを持ちなさい。年中水着姿で過ごしていたら、肌をさらすのが当たり前に思うようになる。ほかにもっと、学生らしい部活があるだろう」

ずいぶんひどい言い草だ。

水泳をやっている選手たちには、絶対に聞かせたくない。

少なくともこれは、父がそういう偏った考えをしているだけで、世の大人たちが同じではないと里桜にもわかる。

母は、父の言葉を受けて、

「あまり他者と競い合うような部活は、里桜には向いていないと思うわ。自己研鑽《けんさん》のできる部活がいいんじゃないかしら。茶道部や華道部もあったでしょう」

と、文化部を勧めてくる。

小学校のときも、バスケットボール部に入りたいと言ったのを反対された。

水泳への憧れは封印し、中学高校の六年間、美術部に所属した。

絵を描くのは好きだったし、母の言うとおり誰かと競うこともなく、楽しい部活動だった。

美大を目指す先輩たちは大変そうだったけれど、里桜はあくまで趣味の範囲での活動にするよう、母からきつく言い渡されていた。

高校を卒業するころになると、もう両親の期待に応えられない自分を嘆くこともなくなったように思う。

両親には申し訳ないけれど、自分は優れた娘ではなかった。

自分を知ることで、諦める部分もあったのかもしれない。

同時に、できないからこそ人並みになれるようの努力は怠ってはいけない。

高校までずっと女子校で過ごしてきて、里桜は同年代の異性の友人がひとりもいなかった。それは、誰かに恋をする機会もなかったと同義だ。

両親からすれば、都合のいいことだったと思う。

彼らは里桜に自由な恋愛をさせる気など、毛頭なかったのだから。

——恋、なんて呼べるものではないけれど。

幼い日に出会った、彼のことを思い出すと、胸がほんのり温かくなる。

あのころは、こんな感情を知らなかった。

彼は、沖野家が天敵とみなしている染谷家の長男、染谷柊斗だ。

――柊斗さんは、わたしが沖野の家の娘だってわかっていても、優しくしてくれた。

靴ずれにばんそうこうを貼ってくれた。

その上、里桜があとで染谷の人間と話していたと叱られないよう、自分の名字を名乗らずにいてくれたのだ。

ほかに、男性を知らない。

だから、インプリンティングのように彼に惹《ひ》かれているのかもしれない。

だとしても、構わなかった。

どうせ叶う恋ではないのだと知っている。

七歳も年上の、美しい人。

彼に恋い焦がれても、里桜には手の届かない人物だ。

――だから、これはわたしだけの大事な思い出。両親も手を出せない、わたしの中にしかない大切な記憶……

§　§　§

大学を卒業すると、里桜は一族の経営する沖野グループの子会社で秘書として働きはじめた。

望んで秘書になったわけではない。

だが、就職先については父が勝手に決めていたのだ。

外に働きに行って、悪い虫がついたら困る。

両親は、里桜の前で平気でそういうことを言う人たちだった。

望んだ職ではなくとも、働くのは楽しい。

社長令嬢ということで、少々腫れ物にさわる扱いではあったけれど、仕事をして自分が社会とつながっているのを実感するのは初めての経験だ。

親が与えてくれたものではなく、労働の対価として得たお金で買うものは、どんな小さなものでも特別に思えた。

会社員になって二年目の春。

このころには、すでに里桜は両親が参加するパーティーに呼ばれることはなくなっていた。

たしか、最後に参加したのは高校生のとき。

柊斗とまた会えるかもしれないという淡い期待をいだいていたが、彼の姿はなかった。


「里桜、食事が終わったら話がある」

夕食の席で、父が前ぶれなくそう言った。

「はい」

嫌な予感はしていた。

二十歳を過ぎて社会人になってなお、里桜には門限がある。

相手が仕事関係であっても男性とふたりで飲みに行くことは禁じられていたし、休日に男性と出かけるなどもってのほかだった。

沖野家のひとり娘には、男と出歩いていたという評判は不要だったからだ。

家にいる時間が多かったからといって、特に不満はない。

里桜は使用人から料理を教わり、裁縫を学び、空いた時間には読書をする。

幸いにして、潮見は読書家だった。

彼女と読み終えた本の話をするのは刺激的で、ふたりで図書館に出かけることもある。

母親よりも、よほど母のような人。

潮見がいてくれたおかげで、里桜は締めつけの強い家庭に苦しむことなく生きてこられたのだと思っている。

――お父さんがあらたまって話があるなんて言うってことは、きっとそういうことなんだろうな。

今年二十四歳になる里桜は、妙齢といって差し支えない年齢だ。

以前から、父と母が縁談を検討しているのも聞こえてきていた。

その相手が、決まったということなのだろう。

そして、結婚について里桜には何ひとつ選択の自由がない。

相手が誰だったとしても、受け入れる以外許されないのはわかっていた。

この家で二十四年暮らしてきて、里桜だって家を出ることを考えなかったわけではない。

自分の自由な人生を、何百回妄想しただろう。

両親の期待を裏切り、潮見に別れを告げて、最低限の荷物だけを持って家を出る。

東京を離れて、どこか遠い土地で住み込みの仕事を探すのだ。

知らない街、知らない方言、知らない空の色。

そんな夢を、ただの夢として諦めるのは、自分はこの家のただひとりの子どもだとわかっているからだった。

両親が自分を見てくれなくとも、目に見える愛情を与えてくれなくとも、沖野家の娘としてじゅうぶんに優遇され、裕福な環境で育ててもらったのも事実だ。

自分のわがままだけを押し通して生きるには、里桜は確たる目標がない。

これも、母から言われて育ったことだ。

「やりたいこととやれることは違うのよ、里桜。特にあなたは、何か特別できることがあるわけじゃないでしょう？　でもね、それでも人間はひとつだけ自分にしかできないことがあるの。それは、子どもを産んで育てること」

たしかに、里桜は人より優れているものを持っていなかった。

水泳に憧れたことはあったし、絵を描くのは好きだったけれど、それだって死ぬほどやりたいと思うほどではない。

――わたしは、特別じゃないから。

結婚も出産も現実味はなかったし、子どもを育てることが自分にできる唯一のことというのは腑《ふ》に落ちなかったが、母の言いたいことは少しわかる気がした。

自分を特別だと思うなと、母はずっと言っていたのだろう。

その呪いは、きちんと里桜をコントロールしていた。

夕食後、父はリビングのソファに座って里桜に見合い写真と釣書を差し出してきた。

相手は父と取引のある大手電機会社の社長令息で、年齢は二十八歳。写真には目を通したけれど、派手そうな人という印象しかない。

この人と結婚して、子どもを産む。

そう考えると、胃の深い部分から酸っぱいものが込み上げてくる気がした。

「見合いの日取りはまだ決まっていないが、先方も乗り気でいる。くれぐれも沖野の家名に傷をつけるような行動は慎みなさい」

「……はい、わかりました」

何がわかったのか、自分でもわからない。

父に対して、イエス以外の返答を許されない環境で育ったから、そう返事をするのが当たり前になっていた。

二階の自室に戻ると、里桜はベッドに倒れ込む。

枕に顔を押しつけて、叫びたい気持ちを呑み込んだ。

――結婚したら、心の中で想《おも》っているのも許されないのかな。

思い浮かぶのは見合い相手の写真ではなく、ただ一度会っただけの柊斗の姿だった。

――今、どうしているんだろう。柊斗さんはもう結婚してしまったかな。それとも、ステキな恋人がいるのかな。

縁談を嫌だと感じたときよりも、柊斗が見知らぬ女性と抱き合っている姿を想像したほうが泣きたくなる。

幼い日の、淡い初恋。

里桜にとっては、それが人生でただ一度の恋だった。

もう一度、彼に会いたい。

それが無理なら、遠目に見るだけで構わない。

あの人が元気で生きている。

その姿を見られれば、それだけで満足できる。

里桜はベッドの上に起き上がり、スマホのブラウザを起動して柊斗の名前を検索した。

思ったとおり、彼はいくつかのインタビューを受けて、写真つきの記事が公開されている。

働いている会社も書かれていた。

染谷グループの染谷貿易で副社長を務めている。

――あのころと変わらない笑顔。

こうして検索すれば、彼の写真が出てくるだろうと、里桜はずっと知っていた。

それでも、捜すことをしなかった。

きっと、あの日の柊斗だけで満足しなければと思っていたからだ。

知ってしまえば、もっと知りたくなる。

そして、相手にも自分を知ってもらいたくなる。

願いはひとつ叶ったら、その先へもっと先へと強欲になってしまう。

そして、里桜は彼の姿を求めて染谷貿易本社ビルの所在地を検索した。

探偵なんていなくとも、スマホひとつで調べられる情報はいくらでもある。

§　§　§

四月、花冷えの雨が降る金曜日の午後。

里桜は午後休を取得して、十四時に渋谷《しぶや》へ来ていた。

染谷貿易の本社ビル一階には、正面エントランスが見える場所にコーヒーショップがある。

そこで仕事をしているふうを装って、タブレット片手に彼を待つ。

話したいなんて贅沢は言わない。

彼の姿を網膜に刻みたくて、ここまで来てしまった。

しかし、さすがに早く来すぎてしまっただろうか。

十五時をまわったころ、長居しては店に迷惑かもしれないと席を立つ。

あとは、どこにいれば彼がエントランスを通る姿を見られるか考えていると、エレベーターホールから染谷柊斗が姿を現した。

——柊斗さんだ。わたしの知っている、柊斗さんのままだ。

彼は今年、三十一歳になるはず。

十二年前とくらべて大人になっているけれど、線の細い中性的な美貌は相変わらずだった。

鼻の奥がツンとして、今にも泣き出してしまいそうになる。

だが、ビルのエントランスで急に泣く人間は、悪目立ちするに違いない。

里桜は必死で奥歯に力を込めた。

目を凝らして、心を凝らして。

カツカツと革靴の踵を鳴らす彼の姿を目に焼きつける。

不意に、彼がこちらに目を向けた。

——いけない。こんなに見ていたら、怪しまれる！

ハッと目を背けた瞬間、「里桜ちゃん？」と声が聞こえてくる。

信じられなかった。

たった一度、ほんの短い時間をともに過ごしただけの自分を、覚えていてくれるだなんて。

空耳かもしれない。願望が、鼓膜を狂わせたのかもしれない。

「里桜ちゃんだよね。驚いた。こんなところで会えると思わなくて――」

しかし、柊斗は里桜を覚えていてくれたらしく、こちらに近づいてくる。

ふたりの距離が、一気に縮んでいく。

十二年間、一度もまじわることのなかった柊斗と自分。

それなのに、こんなに簡単に彼に会うことができるのは、神さまのいたずらのようにも感じられた。

「失礼。いきなり名前を呼ぶだなんて怖がらせてしまったかな。僕は染谷といいます。十二年前に、葉山のパーティーできみに会ったことがあるのだけど、覚えていませんか？」

もちろん、忘れたことは一度もない。

里桜は軽く会釈をし、彼を見上げる。

「ご無沙汰しています。沖野里桜です。柊斗さんはお変わりありませんね」

「り……沖野さんは、とてもきれいになった。一瞬、誰なのか考えてしまったよ」

あれから十二年。

小学校六年生だった里桜は、すっかり大人になっている。

気づいてくれた彼の記憶力に感服した。

変わらないのは見た目の印象よりも、彼の優しい話し方だ。

「今日は仕事で来ているの？　もしよかったら、お茶でも——」

そう言いかけて、里桜がコーヒーショップから出てきたばかりだと気づいたのか。

「甘いものでも食べに行かないかな。時間があればだけど」

「……っ、いいんですか？」

「僕のほうから誘っているのに、実は駄目なんてそんな失礼なことはしないよ。それに、ずっと気になっていたんだ、きみのこと」

どくん、と心臓がひときわ大きく鼓動を打つ。

ずっと気になっていたのは、里桜のほうだというのに。

「無理強いするわけじゃないから、ね」

「行きます。行きたいです」

すぐに返事ができなかった。

あまりに嬉しすぎて、興奮で声が出なくなったせいだ。

奇跡みたいな出来事が起こり、里桜は彼と並んでビルの外に出た。

春の雨が、静かに足元を濡らす。

ふたりの傘が、並んで歩道を進んでいく。

「り……沖野さんは」

「あの、」

「うん？」

「もしご迷惑でなければ、子どものころと同じく里桜と呼んでください。そのほうが嬉しいです」

「ありがとう。じゃあ、里桜ちゃん」

「はい」

空と裏腹に、里桜の心は晴れやかだ。

ずっと会いたかった人に会えたばかりか、ふたりの時間まで作ってもらえた。

——勇気を出してここまで来たけど、それを上回るご褒美をもらっちゃったみたい。

「柊斗さんは、どうしてすぐにわたしだってわかったんですか？」

彼が変わらないのは、十二年前でも十九歳だったのだからまだわかる。

大人はさして外見が極端に変化したりしないものだ。

けれど、里桜はあのころより背も高くなったし、化粧だってしているのに。

「うーん、どうしてだろう。見た瞬間に、あ、里桜ちゃんだ、って」

「そんな、一瞬で？」

「そう。あのときの記憶が脳裏によみがえったよ」

傘で隠れて、彼がどんな表情をしているのか見えない。

だけど、そのほうがよかった。

きっと里桜は、表情筋がゆるんでいただろうから、柊斗にそんな顔を見せるわけにはいかない。

ほんとうは単なる偶然なんかではなく、彼に会いに来たのがバレてしまう。

「元気にしていた？」

「……はい。柊斗さんもお元気そうで」

「そうだね。それにしても、どうして染谷貿易の本社ビルに？　もしかして、今はご実家と離れて働いているのかな？」

「いえ、沖野の子会社で働いています。今日は、その、用事で近くまで来ていたので

「……」

沖野と染谷の関係を思えば、彼の会社に来る理由なんて里桜にはない。

苦しい言い訳だったけれど、柊斗はそれ以上追求することなく、近くにあった店に入る。

少し肌寒い、雨の午後。

里桜はフォンダンショコラを、柊斗はコーヒーを注文した。

昔話に花を咲かせ、お互いの近況を語り合い、気づけば二十時近くなっている。

「あっ、いけない。門限が――」

言いかけて、里桜は口をつぐむ。

さすがにこの歳になって門限だなんて、普通はないものだろう。

ヘンに思われたくないのに、自分からおかしなことを言ってしまった。

「遅くまで引き止めてしまってごめん」

だが、柊斗はそんなことを気にしたりしない。

相手を慮りながらも、踏み込みすぎない優しさが、里桜の思っていた柊斗の像にぴたりと重なる。

「ぜんぜんです。それに、引き止められてなんていません」

――わたしが、柊斗さんに会いたかったんだもの。

ふたりの思い出が、増えた。

そのことに、心から感謝している。

たとえこの先、二度と会えないとしても、今日の数時間は一生の思い出に――

そう思って、里桜はテーブルの下の手をぎゅっと握りしめた。

一生の思い出にはなるだろう。

けれど、これですべてが終わってしまうと思うと、今にも泣き出してしまいそうになる。

記憶の中の柊斗を反芻《はんすう》しては、心の支えとする十二年だった。

あるいは一方的な恋慕であり、現実の恋愛ではなく恋に恋するようなものだったとしても、里桜にとっては彼の存在がほんとうに大きかったのだ。

「……里桜ちゃん？」

黙り込んだ里桜を心配する声に、いっそう胸が痛くなる。

――よくばりになっちゃいけない。わかってる。わかってるの。それでも望むわたしは、ひどく強欲だ。

「何か悩んでるなら、話を聞かせてほしい。僕にできることはないかもしれないけど、話すだけで楽になることも……」

「ほんとうは、柊斗さんに会いたくて来たんです」

顔を上げることもできずに、うつむいて里桜は言う。

「覚えていてくれるなんて思わなかった。ただ、遠くから柊斗さんを見られればそれでいいって思っていたんです」

「そう、だったんだね」

彼はかすかに当惑をにじませつつも、里桜を否定するような言葉を口にしない。

「僕も、覚えていてもらえたなら嬉しいよ。それに、里桜ちゃんのことが気になっていたのは嘘じゃない。あの夜、きみがとても寂しそうで放っておけなかったんだ」

気になる、存在。

その意味合いは、互いに異なっている。

里桜にとっては初恋の相手だが、柊斗にすればかわいそうな子どもを心配していたという意味だろう。

「ヘンなことを尋ねるんですが、柊斗さんは今、おつきあいしている方がいらっしゃいますか？」

「あ、いや。そういう人はいないよ。いたら、女性とふたりきりでお茶を飲むようなことはしないので」

落ち着いた彼にしては、動揺した返答だった。

まるで、何かを咎《とが》められて弁明しているような口ぶりだ。

「お願いを、ひとつだけしてもいいですか？」

「僕にできることなら」

「あの……っ……」

縁談は断れない。

里桜は遠からず、こうして柊斗に会いに来ることもかなわなくなる。

心の中で想っているのは許されたとしても、沖野家の娘として子どもを産むための結婚だとすれば、子どものためにもこの気持ちはここで葬らなければいけないのだ。

だから、優しい彼に懇願する。

最初で最後の、たった一度の希望に心を込めて。

「一度だけで、いいんです。わたし、と」

「うん？」

「わたしと、ひと晩、一緒にいてくれませんか……？」

涙目で見上げた先、彼が言葉を失うのがわかった。

その反応は、当然だろう。

十二年前に、たった数時間を過ごしただけの、いがみ合う家の娘から夜の誘いを受けたのだ。

困惑しない理由がない。

「里桜ちゃん」

「……」

「自分を大切にしないといけないよ。何かつらいことでもあった？　それとも、逃げ出したいなら相談に乗るよ」

自暴自棄になっていると思われたのかもしれない。

それは、ある意味間違いではなかった。

結局のところ、里桜は両親の望む結婚を心から受け入れられていないのだ。

だからこそ、せめて縁談が現実になる前にずっと憧れていた柊斗にひと晩だけの慈悲を願っている。

「縁談が、あるんです」

「え？　里桜ちゃん、まだ大学を卒業したばかりだよね。そんな急に、結婚させられそうになっているの？」

「仕方ないんです。わたしでは父の会社を継ぐこともできないし、ほかにきょうだいもいないし……」

何より、女性でも会社を継ぐだけの実力があればよかったことだ。

里桜には経営者となる能力がないと、父は最初から判断している。

「それで、ちょっと遅めの反抗期が来た感じかな？」

「反抗期？」

彼の言葉に、里桜は首を傾げる。

そんなつもりはなかった。

ただ、望まぬ結婚の前に、一度でいいから憧れの人と結ばれたい。

夢で終わるはずだった恋を、ほんのひととき、現実として感じてみたかったのだ。

「だから、あえて染谷の息子である僕に声をかけてくれたってことかと思ったんだけど」

「違います。わたし、柊斗さんのこと……っ」

──好きです、なんて言ったら、困らせる。

そこで言葉を呑み込み、里桜は涙目でうつむいた。

「勘違い、させないでよ」

「きみに好かれているかもしれないなんて、思ってしまう。僕は自分で思っていたより、ずいぶんずうずうしいと気づいた」

「……え……？」

──柊斗さん……？

「違うな。きっと、僕がきみを気になっているから、好かれたいんだ」

「っっ……、そ、そんな、あの」

彼の手が伸びてきて、サイドの髪を耳にかけてくれる。

指先が、そのまま頬を撫でた。

「しゅう、と、さん」

「だから、好きでもない男にそんな態度をとっては駄目だよ」

息を吸うだけで、胸が痛い。

せつなさに心が焦げてしまいそうだ。

「好きじゃない人に、わたし、こんなこと言いません」

「里桜ちゃん」

「ずっと、柊斗さんに憧れていました。たった一度会っただけのくせにって思うかもしれないけど、わたしにとってあの夜は特別な時間だったから」

頬に当てられた彼の手に、自分の手を重ねる。

この人を想っていられる時間は、もう長く残されていない。

――十二年間、わたしを支えていてくれたのは柊斗さんの存在だった。あの夜の優しさだった。

「……縁談って、もう日取りは決まってる？」

「まだ、です」

「そう。じゃあ、僕たちにはまだ猶予がある」

柊斗が何を言いたいのかわからず、里桜は黙って彼を見つめる。

しっかりとその表情を記憶したいのに、涙で視界がにじんでしまう。

「今の時点で、きみを好きだとは言えない。あまりに不実だから。だけど、僕はきみに惹かれている」

思いもよらない柊斗の発言に、心臓が壊れそうなほどに早鐘を打った。

「だから、もっときみを教えてほしい。もう少し、僕に時間をくれないかな」

「それって、あの、どういう……？」

「そうだな。たとえばふたりで映画に出かけたり、おいしい食事をしたり、たまには車で遠出したりするんだ。お互いのことをもっと知っていくためにね」

彼の提案は、とても嬉しい。

できることなら、里桜だって柊斗とふたりの時間を堪能したい。

彼のことを知り、彼に自分を知ってもらって、幸せを分かち合えたらどんなにいいだろうか。

──だけど、そうじゃない。

柊斗の時間を無駄にしたいわけではないのだ。

奇跡が起きないことを、里桜は知っている。

ふたりがどれほど時間や思い出を重ねても、実るものは何もない。

「……わたし、多くは望んでいないんです」

「それは、どういう意味かな」

「柊斗さんの時間を無駄にしたくありません。だから、一夜だけでいいんです。それだけで、きっと……」

生涯、彼の思い出を胸に生きていける──

言葉にできない部分を、柊斗は読み取っているようだった。

彼はいつも察しがいい。

「僕に望んでくれているのは、一夜だけのうたかたの恋人ということ、だね」

「………」

そのとおりだけれど、うなずくのはつらい。

心から望むものは、当然もっと異なるものだ。

だが、柊斗にもっとも負担をかけず、時間を奪わず、里桜が思い出をもらうための方法として、うたかたの恋人というのは正しい言い方だった。

「それは、今夜でいいの？」

「……家に、お友だちのところに泊まると連絡します」

「里桜ちゃん」

テーブルの上に置いたスマホに手を伸ばすと、その指先をそっとつかまれる。

触れた肌が、じんとせつない。

「秘密を作るなら、簡単に悟られるようなやり方は駄目だよ。準備をしよう。ご両親に気づかれて、きみが困るのは嫌だ」

「は、はい」

「来週の週末、会えるかな。ご家族には、何か理由をつけて出てこられる？」

彼が前向きに検討してくれているのがわかって、里桜はやっと安堵《あんど》の息を吐いた。

――ほんとうに、優しい人。こんな人、どこにもいない。柊斗さんしかいない。

「わかりました。大学時代に、ゼミの旅行に行くのを許可してもらったことがあるので、そのときの友人に頼んでアリバイを作ってもらいます」

「アリバイって」

ははっ、と軽やかな声で柊斗が笑った。

子どもっぽいと思われたのだろうか。

「アリバイ、準備してきて。連絡先を交換してもいいかな。きっと電話はかけないほうがいいよね。ＳＮＳのトークでやりとりしよう」

「は、はい！　よろしくお願いします！」

深く頭を下げた里桜は、テーブルにゴンとひたいをぶつけた。

――は、恥ずかしい……っ！

「おでこ、大丈夫？　けっこう大きな音がしたよ」

「……っ、大丈夫です。あの、ごめんなさい」

柊斗は何も言わず、里桜のひたいを撫でてくれる。

この指に、このぬくもりに。

ずっと触れられていたいと、心から思った。

§　§　§

翌週末、里桜は初めて両親に嘘をついて遠出をすることにした。

友人にも協力してもらい、大学時代の恩師のフィールドワークに同行すると両親には説明してある。

待ち合わせは昼前で、一日だけでも恋人のようにデートをしてホテルに泊まる約束になっていた。

動きやすくてカジュアルすぎない服装を心がけ、小さめのボストンバッグに着替えや化粧品などを詰めて出かける。

約束の時間より、一時間も早く着いてしまった。

待つのは苦痛ではない。

これから柊斗がやってくる。

そう思うだけで、心が弾んだ。

——日差し、強い。日傘を持ってくればよかったかな。

右手をひたいの高さで庇《ひさし》にして、里桜は空を見上げる。

近くのカフェに入って待っていることも考えたけれど、少しでも早く柊斗に会いたい。待ち合わせの駅で、里桜は春の陽光を浴びて立っていた。

ここなら、彼がどの方角から来てもすぐにわかる。

遠くから歩いてくる柊斗を想像すると、早くも鼓動が速まった。

あまりキョロキョロしすぎないよう心がけて、里桜は彼の到着を待つ。

待ち合わせの二十分前、雑踏に彼の姿が見えた。

——柊斗さんだ！

考えるより先に、脚が走り出す。

大好きな人めがけて、里桜は駆けていった。

「おはよう、里桜ちゃん。今日はなんだか元気だね」

「お、おはようございます。すみません、居ても立ってもいられなくて」

「ふふ、楽しみにしてくれていたんだ？　僕も、昨晩はなかなか寝付けなかったよ。

里桜ちゃんとデートだと思うと、遠足前の子どもみたいに目が冴《さ》えてしまって」

「え、あの、睡眠不足ならどこかで休まれます？」

「そういうことじゃなくて、ね」

大きな手が、里桜のボストンバッグをさっと奪い取る。

「荷物、けっこう重いね。大丈夫だった？」

「はい。あの、自分で持てます」

「デートなので、それは却下」

会って二分と経《た》たず、デートという単語が二回も聞こえてきた。

——これは、デートなんだ。柊斗さんとのデート……

最初で最後になるのは覚悟の上だ。

それでも、好きな人とデートできるなんて里桜の人生で最高の日となるのはわかっている。

「それじゃ、行こうか」

「はい」

ふたりは駅から歩いていける距離の水族館へ向かった。

先週の再会から、柊斗は里桜に行ってみたいところを丁寧にリサーチしてくれて、今日の行き先を選んでくれた。

水族館をゆっくり回って、夕方に最新のプラネタリウムを鑑賞する。

そのあとは、目黒《めぐろ》にある老舗のミュージアムホテルに宿泊予定だ。

「あ、里桜ちゃん」

彼がバッグを持つのと反対の手をこちらに向けてくる。

意味がわからず、里桜は柊斗の手をじっと見つめた。

手相まで、きれいな人。

「手をつなごうって意味だけど、駄目？」

「えっ、ええ⁉」

手を、つなぐ。

ずっと女子校で育った里桜は、男性と手をつなぐなんて経験はない。

ハンドクリームは塗ってきたけれど、基本が乾燥肌だ。

──手がガサガサしてたらどうしよう。柊斗さん、イヤじゃないかな。

「はい、つなぎまーす」

懊悩している里桜の手を、柊斗が軽やかにさらっていく。

指と指を交互に絡ませるのは、いわゆる恋人つなぎだった。

──わたし、今、柊斗さんと手をつないでる……！

奇跡のような一日が、春風とともに始まる。

予定どおりに水族館を歩いていると、イルカとアシカのショーの案内をする館内アナウンスが流れた。

里桜は水族館が好きだ。

海の動物には、人間と異なる世界を自由に生きるイメージがある。

だから、というべきなのか。

彼らには水槽の中に入ってもらうだけで、じゅうぶん不自由を強いていると思うので、ショーを見るのが少し苦手だ。

ただ、ショーを否定するわけではない。ショーを好むのは、個人の自由だと思う。

ただ、自分は見なくてもいいというだけの話で。

――もしかしたら、柊斗さんはショーが見たいかもしれない……

こっそり、彼のほうを覗き見る。

するとどうしたことか、柊斗も同じように里桜の表情を窺《うかが》っていた。

「もしかして、里桜ちゃん、イルカとかアシカとか、好きかな」

「好きです。でも、あの」

ショーはそれほど――と、言っていいのだろうか。

彼が見たいと思っているなら、余計なことを言わないほうがいい気がする。

――だけど、柊斗さんはなんだかつらそうな表情をしてる……？

数秒考えてから、里桜が選んだ答えは、

「イルカもアシカも好きです。でも今日は、ショーより柊斗さんと一緒にペンギンの餌やり体験がしたいんですけど、どうですか？」

「いいね。僕もそう思ってたんだ」

つないだ手を、彼がきゅっと握ってくる。

どくん、と心臓が跳ねた。

彼といると、一日の心拍数が普段の倍にもなってしまいそうだ。

ふたりはペンギンのいる一角を目指して歩いていく。

途中で、水族館らしい海色のソフトクリームを買った。

塩バニラ味のソフトクリームは、ひと足早く夏を予感させた。

§　§　§

早めの夕食をとってから、ふたりは目黒にあるホテルの部屋で黙り込んでいる。

ダブルベッドがふたつ並んだ室内は、夕日が差し込んでオレンジ色のフィルターがかかっていた。

――今さらだけど、わたし、すごく大胆なことを提案しちゃったんだ。

現実が目の前に広がると、これが夢ではないことを再確認してしまう。

里桜には、恋愛経験がない。

大人になってから男性と手をつないだのすら、今日が初めてだ。

その先――キスや、さらに関係を深める行為については、完全に未知の世界である。

何をするか知らないわけではないけれど、自分がどうなってしまうのか想像もつかない。

「なんか、緊張するね」

先にそう言って、小さく笑ったのは柊斗だ。

「はい、緊張します。あの、今日はよろしくお願いします」

深々と頭を下げた里桜に、彼が「こっち、来て」とベッドに座って手招きする。

ルームスリッパを履いた足で、そろそろと柊斗のそばまで歩いていく。

近づきたい。

だけど、少しだけ怖い。

「里桜ちゃん」

近づくと、彼は微笑んで両腕を広げた。

「おいで」

「は、はい……っ」

彼の腕に体をあずけ、里桜はぎゅっと目を閉じる。

このまま、もう始まるのだろうか。それとも——

「もし、途中でやめたいと思ったら、どの段階でもいいから言ってほしい」

「え……？」

予想外の言葉に、里桜は顔を上げた。

柊斗は真剣な表情でこちらを見つめている。

七歳も年上の大人の男。

だけど、どこか少年のような無邪気さが瞳に揺らぐ人だ。

「途中でやめるなんて僕に悪いとか、そんなふうに考えてほしくないんだ。きっときみは、追い詰められてる。だから、ひと晩だけの関係なんて言い出したんだと思うよ」

「わたし、そんなこと……」

彼のことが好きだから、一夜だけでもそばにいたい。

その気持ちを否定されてしまった気がして、不安が喉元まで込み上げてくる。

「誤解しないで。今日のことを今からやめようと言ってるんじゃない。それに、きみの気持ちを否定するつもりもないんだ」

――だったら、どうしてそんなことを言うの？

涙目になった里桜を見下ろし、柊斗が困ったように微笑む。

「里桜ちゃんを、大事にしたい」

「してもらってます」

「足りないよ」

細身に見えていたけれど、彼がぎゅっと抱きしめてくると、里桜は身動きできなくなる。

衣服越しに、彼の体がしなやかな筋肉に覆われているのを知った。

「ほんとうは、こんなふうに性急な関係を作るんじゃなく、きみともっと向き合いたい。それで、きみのご両親にもわかってもらって、里桜ちゃんと――」

そんなことができないのは、里桜がいちばんわかっている。

少なくとも、父からは幼いころから染谷家を天敵として教え込まれた。

その父も、祖父から同じように聞いて育ったのだろう。

もとはどんな理由で始まったのか知らないけれど、互いの家は反目し合っている。

「いいんです」

里桜は、柊斗の胸に手のひらを当てた。

心臓の音が、どくん、どくん、と響いてくる。

「里桜ちゃん？」

「わたし、多くは望みません。たったひとつ、どうしてもほしいものがあって、それは……柊斗さんとこうしてふたりでいられる時間です」

「たったひと晩でも？」

「はい。だって、両親がわたしにかける数少ない期待が、ふさわしい相手との結婚なんです。出来の悪い娘だから、そのくらいはがんばらないといけませんよね」

冗談めかして笑って見せたが、彼は寂しそうな目をしたままだ。

「きみは、優しい人だよ」

「それは柊斗さんのほうです」

「僕はただ諦めただけだった。だけど、里桜ちゃんは家族にまだ期待してる」

――期待……？

自分は、両親にとって期待外れの子どもだった。

少なくとも里桜はそう思っているので、自分が父と母に期待をしているというのがよくわからない。

、

――わたしはただ、柊斗さんを好きになっただけ。

十二年前、恋に落ちた。

そして十二年経って、彼をいっそう好きになった。

震える指で、彼の唇にそっと触れる。

男の人も、唇はやわらかいのだと初めて知った。

「里桜ちゃん……？」

「何も、言わないでください」

もし、彼がここでやめると言い出したら。

それが里桜は何より怖い。

この先の人生がどうなるかわからないからこそ、たった一度だけ、自分の心に従った決断をする。その唯一無二の存在が、柊斗なのだ。

「わたし、何もいらないんです。今ほしいのは、柊斗さんだけ、だから」

「そんなかわいいことを言って、僕を困らせたいの？」

「困らせたくなんか……」

彼の唇が、近づいてくる。

目を開けていられなくて、里桜はまぶたを落とした。

唇が、重なる。

焦《じ》れったいほどゆっくりと、彼は丁寧にふたつの唇を重ね合わせていく。

──心臓が、壊れそう。

あえぐ吐息に口を開くと、柊斗が下唇を甘噛みした。

「んっ……」

「僕が困っているのは、きみがかわいいせいだ」

「柊斗さん……」

かすれた声で、彼が続ける。

「こんなにかわいくて素直で無垢《むく》なきみを、このまま奪っていいのか。年上の僕が、自分を制御しないといけないのに」

そんな制御、いらない。

里桜はそう言いたかったけれど、キスに翻弄されて言葉にならなかった。

「きみはとても魅力的だよ。触れればやわらかくて、唇は甘い。だけど、この肌を誰かに許したことはないんだよね？」

「ありま、せ……っ」

「それを僕に差し出してくれるの？　ねえ、里桜ちゃん。たった一度だけ、と言うけれど」

気づけば、里桜はベッドの上に仰向けに寝かされている。

ゆらりと柊斗の影が揺れ、彼がのしかかってくるのがわかった。

「一度では足りないと言ったら、どうする？」

黒い瞳に、見たことのない炎が灯《とも》っている。

それが欲望なのだと、里桜にもわかった。

「きみは一度で満足かもしれない。だけど、僕もそうだとどうしてわかるのかな」

「だ、って……」

「僕は、きみを思い出にしたいなんて言っていない。きみに惹かれていると言ったんだよ」

「っ……ぁ、あっ……」

鎖骨に軽く歯を立てられて、里桜は腰から湧き上がる甘い疼《うず》きに声をあげた。

「ねえ、抱く前からわかるんだ。僕はきっと、一度じゃ満足なんてできない。ほしいのは、一瞬の快楽じゃなくて――」

ブラウスのボタンがはずされていく。

いつしか、夕日は沈んでいた。

ふたりの部屋を、夜が覆う。

「柊斗、さん……っ」

「きみにも、一度じゃ足りないと思ってもらえるように尽力するよ」

甘く微笑んだ彼は、知らない男の顔をしている。

けれど、里桜の好きになった柊斗だ。

――わたしは、この人に恋をしてる……

§　§　§

ベッドの中で、里桜は彼の胸にひたいをつけて表情を隠していた。

幸せで、幸せすぎて、どうしようもなく涙がこぼれてくる。

自分から頼んだ関係だったのに、ことが終わって泣いているだなんて柊斗に失礼だ。

――だけど、どうしよう。涙が止まらない。

行為がつらかったわけではない。

彼はとても優しかった。

初めての里桜を導いて、ときに立ち止まって、無理をさせまいと配慮してくれているのが最初から最後まで伝わってきた。

——一度だけでいいと思っていたのに。柊斗さんが優しすぎるから、もっとそばにいたくなる。

彼のせいでないことは、ほんとうは知っている。

恋はよくばりだ。ひとつ手に入れば、もっとほしくなる。

それでも、彼に抱かれることはこの恋の終わりなのだと最初から決めていた。

願いを叶えてもらったのだ。

これ以上を望むのは、里桜に許されることではない。

「ねえ、里桜」

抱き合う間に、彼は里桜をそう呼ぶようになっていた。

「先に言ったとおりだったよ」

「……え……？」

両手で涙を拭って、里桜は彼を見つめる。

そこには、やるせないほど優しい目をした柊斗がこちらを見つめていた。

「きみに触れたら、足りなくなった。もっときみのすべてがほしくなった。どうしてくれるのかな。里桜のせいだよ？」

「わ、わたし……」

「離れたくない。きみと、一緒にいたい」

柊斗がきつく里桜を抱きしめる。

互いの左胸から、心音が響いた。

ふたつの体は、どんなに深くつながってもひとつになることはない。

心臓もそれぞれ、別のリズムを刻んでいる。

だけど、ふたつの体だからこそ抱き合うことができるのだ。

「もしきみが、少しでも僕を好きだと思ってくれるのなら」

「す、好きです。わたしは、柊斗さんが好き……」

彼の言葉を遮るように、里桜は勢い込んで告白した。

こんなつもりでは、なかったのに。

きれいに身を引いて、彼に迷惑をかけず、明日の朝には笑ってさよならを言おうと決めていた。

「ありがとう。僕も、この一週間ずっときみのことを考えていたんだ」

「わたしのことを？」

「そんなに驚くかな。まあ僕のほうが驚いてると思うよ。今まで、ずっと――心を殺して生きていこうと思っていた。諦めることが得意になって、自分の気持ちと関係なく笑えるようになっていた。それなのに、きみと再会して何もかもが変わったんだ」

——それは、どういう意味？

緊張で息がうまくできない。

期待してはいけないと思うのに、彼の言葉の続きを待ってしまう。

「ああ、ほんとうに、そんなかわいい顔で僕を見て、もう一度抱かれてもいいのかな？」

「えっ、あ、あの……」

さっきまで涙で濡れていた頬が、真っ赤に染まっている。

——もう一度、柊斗さんに……

「柊斗さんが望んでくれるのなら、わたしは何度でも……っ！」

「こら、そうやって煽らないで。僕は、きみのことを好きになっていいか知りたいんだよ」

「ええっ⁉」

これは、夢の続きかもしれない。

そうでなければ、あまりに自分に都合がよすぎる。

「ほら、ちゃんと教えて？　僕は、きみを好きになっていい？　その場合、里桜をほかの男と結婚なんて絶対にさせないよ。沖野の家からきみを奪う。一生、僕のそばにいてもらう。そういう意味の、『好き』だから」

返事なんて、できるわけがない。

涙がぼろぼろこぼれて、唇がわななないている。

「里桜」

「っっ……、で、そんな……、わ、たし……」

「里桜、好きだよ」

「しゅ、っ……」

「ふふ、いいよ。何も言わなくてもいい。ちゃんと、伝わってるからね」

とんとん、と柊斗が自分の胸を指先で叩いて見せた。

「それで、里桜の答えは？」

「わたし、は、」

あなたと一緒にいられるなら、ほかに何もいらない――

§　§　§

初めて彼に抱かれた夜から、ふたりは準備を始めた。

双方の家から離れ、ふたりきりで生きていくための準備だ。

柊斗は、染谷グループとはまったく関係ない新しい会社を起業すると言う。

里桜は、縁談の前に仕事を辞めて花嫁修業をすると親に告げた。

そうすることで、見合いまでの時間を稼ぐ算段だった。

見合い相手に逃げられた、なんてことになったら、お相手にも迷惑をかける。

だから、少しでも見合いの日程を先延ばしにし、会社からも早めに離れて、里桜がいなくなって困る人を減らそうと思ったのだ。

すべての準備が整い、新居の引き渡しも終わった七月最初の夜。

ふたりは初めて結ばれたホテルの同じ部屋をとって、婚姻届を記入した。

「愛してるよ、里桜」

「柊斗さん……」

「もう、きみを離さない。僕の大切な、花嫁だから――」

心も体もひとつに結ばれて、朝まで幸福に満ち足りた時間を共有した。

両親には、外泊することを伝えていない。

――もう、怒られてもいい。もっと怒られることを、これからするんだもの。

里桜にとって、生きる上での指針はいつも両親の言葉だった。

何もできない自分には、彼らの与えてくれた人生を生きることがせめてもの親孝行なのだと、そう言われて育ってきた。

だけど、それは間違いだった。

人間は成長する。

成長とは、親離れでもある。

たとえわかってもらえなくても、構わない。

里桜にとって、これから先の人生は誰かに叱られないために選ぶ道ではないのだ。

愛する人のそばにいるために、努力をする。努力をしたい。

「里桜は、一度自宅に戻って荷物を持ってくるんだよね?」

「はい。荷物といっても、たいしたものじゃないです。着替えを少し、それから化粧品とか」

「新しく買ってもいいと思うんだけど」

「うーん、新生活のために無駄遣いしないよう気をつけないと!」

「ふふ、ずいぶんたのもしい妻だね」

「まだ婚姻届は出してませんよ？」

「僕の妻と呼ばれるのは嫌なの？」

「そうじゃなくて、今夜が恋人でいられる最後の時間だから」

「……どうしようもなく、きみが愛しいよ」

「わたしもです。柊斗さんが、大好き」

どちらからともなく唇が引き寄せられ、ふたりは甘いキスに明け暮れる。

ホテルをチェックアウトしたあとは、手をつないで役所に向かった。

婚姻届は土日祝日でも、深夜でも提出ができると教えてくれたのも柊斗だ。

今まで知らずにいたことを、これからひとつずつ学んでいきたい。

彼と生きるために、地に足をつけて生活すると心に決めて。


その夜、里桜は荷物をまとめて柊斗との新居へ向かっていた。

運悪くタクシーがつかまらず、アプリでタクシーを呼ぼうとしたらスマホの充電が残り少なくなっているのに気づいた。

——歩いていけばいい。これからは節約も必要かもしれないもの。

新居の最寄り駅で電車を降りて、大きな交差点にかかる歩道橋を渡る。

下り階段に差し掛かるとき、上ってくる年配の女性がいるのが見えた。
大きな荷物を両手に持っていて、ずいぶんつらそうだ。
——階段を下りるところまで、手伝ってあげられるかな。
声をかけようと近づいたとき、唐突に相手が階段を踏み外した。
「危ないッ！」
里桜は、反射的に手を伸ばす。
間一髪のところで、相手も里桜の手をつかんでくれた。
よかった、と思うのもつかの間。里桜の体は、階段を一気に下へと転がっていく。
頭を強く打ったような気がした。
けれど、それすらもはっきりしない。
階段の下に倒れ込んだときには、里桜はもう意識を失っていたのだから——

§　§　§

「……全部、思い出した……」
実家の離れに閉じ込められた里桜は、床に手をついて体を起こす。

忘れていた、柊斗との幸せな記憶。
そして、それ以上に苦しかった過去の記憶。
――わたしは、柊斗さんと結婚したんだ。その前夜、彼に抱かれた。
お腹に手を当てて、里桜は泣きそうになる。
――この子は、間違いなくわたしと柊斗さんの子どもだった。
どうして忘れていられたんだろう。
あんなにも愛した人のことを。
どうして、彼は忘れても構わないと言ったのだろう。
「柊斗さん……」
玄関ドアの鍵は、外から施錠されたままだ。
やっとすべてを思い出したのに、里桜は柊斗から引き離されている。
「誰か、開けて……！　ここを開けて！」
声の限り、叫んだ。
愛する人のもとへ、帰らなければいけなかった。

第四章　そして、幸福な毎日を

帰宅した柊斗は、部屋の明かりが消えていることに違和感を覚えた。

「里桜？」

彼女の気配がしない。

いつもなら、夕飯の準備をしてくれているころだ。

体調があまり良くないことは知っているので、料理をせずに休んでいるのなら問題ない。けれど、家の中はしんと静まり返っている。

「……っ、里桜！」

彼女のベッドルームのドアを開け放つ。

しかし、そこにも里桜の姿はなかった。

――どうして、何があったんだ。

里桜が記憶を失ってから、柊斗は全力で彼女を守ってきた。

記憶がないままでも、里桜は自分を好きになってくれて、これから新婚生活を取り戻そうという段階だったのに。

――今日は通院のはずだ。病院に連絡すれば、何かわかるか？

スマホを取り出そうとして、脇に挟んでいた鞄《かばん》をフロアに落としてしまった。

思いのほか、大きな音が鳴る。人のいない室内は、音がよく響くのだ。

手にしたスマホを操作したいのに、指がかじかんだように震えている。

彼女を失うことが、何より怖かった。

ほんとうは、病院で何かがわかったと言った彼女を問い詰めて、事情を聞きたくてたまらなかった。

里桜に深刻な病気が見つかったら。

そう考えるだけで、呼吸ができない。

柊斗にとって、里桜は『諦めない生き方』を取り戻してくれた人だ。

彼女と生きるためなら、なんだってやる。

何をしてでも、里桜を守る。

――それなのに、きみがいないだなんて。

病院に電話をし、いつもならあまり使いたくない染谷の名前を出して情報を得た。

『染谷さんでしたら、診察が終わってすぐにお帰りになったと思います』

「診察で、何かありましたか？」

『何かと言われても……。ニコニコしてお帰りだったのを見ましたよ』

――ニコニコ？　何か、いいことがあったということか。

記憶が戻ったとは聞いていないけれど、そういう可能性だってある。

電話を終えたあと、柊斗はしばしアドレス帳を眺めていた。

そこには、かけたことのない電話番号が表示されている。

里桜の実家の番号だ。

彼女に何かあって、実家に連れ戻されている可能性には気づいていた。

だが、柊斗が電話したところで無下に切られるだろうことは火を見るよりも明らかだ。また、彼女が実家にいなかった場合、沖野の家に余計な情報を与えることになる。

しばしの逡巡ののち、柊斗はマンションを飛び出した。

居ても立っても居られなかったのもある。

しかし、それよりも予感がしていた。

――里桜は、僕に何も言わずにいなくなる人じゃない。だとしたら、彼女の実家が何かをした。その確率が高い。

車を運転する冷静さはなく、柊斗は駅まで走る。

秋暑のぬるい風を受けて、ネクタイを緩めた。

アスファルトを駆ける自分の足音が、どこまでも響いていく。

今すぐに、彼女のもとへ。

ただそれだけを考えて、柊斗は走った。

§　§　§

父の会社に入社して最初の二年、柊斗は不動産グループに勤務していたことがある。

そのころ、里桜の実家がある高級住宅街を担当していた。

彼女と再会する以前から、柊斗は沖野家の場所を知っていたのだ。

人生に無駄なことはひとつもないと先人は言う。

今まで生きてきて、これほど強くその言葉にうなずく日もない。

不動産の仕事をしていたからこそ、柊斗は迷うことなく里桜の実家にたどり着ける。

彼女と出会う前のどんな道も、すべては里桜と生きるために歩いていたのかもしれない。

ひたいから汗がしたたる。背中も首まわりも、もう汗だくだ。

けれど、そんなことを気にする余裕はなかった。

息を切らして、沖野家のインターフォンを鳴らす。

『──はい』

聞こえてきた声は、おそらく使用人だろう。

「染谷柊斗と申します。妻の里桜を迎えにきました」

『っっ……、少しお待ちくださいませ』

五十過ぎと思しき女性の声が、焦った様子で返事をし、インターフォンの通話が切れた。

──里桜が言っていた、潮見さんかもしれないな。

彼女にとって、家の中で唯一の味方が使用人の潮見という女性だと聞いている。

小さなころからあまり母親に手をかけてもらえなかったのは、里桜と柊斗の共通点だ。

柊斗も、やはりたいていのことを長く勤めていた使用人にやってもらった記憶がある。

もし、潮見がインターフォンに出たのなら、きっと自分を追い返す選択はしないだろう。

彼女は、里桜が閉じ込められていたら、柊斗の手助けをしてくれると信じたい。

予想どおり、家の裏手からエプロンをつけた白髪の女性が姿を現した。

「染谷さま、わたくし、潮見と申します」

「ああ、やはり潮見さんでしたか。里桜から話は聞いています。急で申し訳ありませんが、こちらに彼女は来ていますか？」

「……はい」

重い口を開いた潮見によれば、今日の日中に里桜の母親が彼女を連れてタクシーで帰宅したそうだ。

そして、父親の命令によって里桜は離れの別邸に閉じ込められているという。

――いくら親だからといって、娘を監禁するなんてどうかしている。

「それで、離れというのは鍵がかかっているんですね？」

「ええ、さようでございます」

「潮見さん、僕は里桜をこの家から救いたいんです。言っている意味は、おわかりいただけますね」

「…………」

沈黙が、夏の終わりの夜に溶けていく。

潮見はきっと、思うところがあるのだろう。

あるいは、幼いころから里桜を見守ってきた彼女にすれば、柊斗もまた里桜を攫《さら》っていく悪人なのかもしれない。どう思われても構わなかった。

いっそ、この女性を脅してでも鍵を持ってこさせる気がある。

里桜を守ることよりも優先すべきことなんて、この世にひとつもないのだから。

「染谷さま、お嬢さまを助けてください……」

エプロンのポケットから、潮見が一本の鍵を取り出した。

「っっ……ありがとうございます！」

引ったくるように鍵を奪い、柊斗は屋敷の敷地に足を踏み入れる。

住居侵入罪だと言われるかもしれない。

だから、なんだ。里桜がここに監禁されている。

そして自分は、彼女の夫なのだ。誰に何を言われても、彼女を連れて帰る。

「こちらでございます」

潮見が小走りに案内してくれたおかげで、外から中庭へすぐに到着できた。

道案内するように、散策路の両側にランタンスタンドが並んでいる。

その先に、窓に明かりのない別邸が建っていた。

——里桜！

初めて会ったときを、彼女は十二歳だと言っていた。

柊斗は、それより以前の彼女を覚えている。

たぶん、幼稚園のころの里桜。片手で持ち上げられそうなほどに小さくて、やわらかそうで、とても壊れやすい子だった。

大人になった彼女と再会し、恋をした。

それでもまだ、柊斗の心のどこかに小さな里桜がいる。

あの子を守りたい。あの子が泣かない未来を作りたい。

里桜の中にいる、幼い日の里桜を笑わせてあげたい。

「里桜！」

手にした鍵を、差し込んで。

「柊斗さん……っ？」

中から聞こえてきた声に、息を吐く。

――ああ、やっぱりここにいたんだね。迎えに来たよ。

泣きたくなるのは、彼女を愛しているからだ。

彼女を理不尽に傷つける者たちすべてを、里桜のそばから排除できればいいのに。

ドアを開けようとしたとき、本邸の掃き出し窓が開いて「何しているの！」と女性の声が聞こえてくる。

里桜の母親だろう。振り向く必要なんてない。

柊斗は、ドアを開け放った。

「柊斗さんっ」

腕の中に、里桜が飛び込んでくる。

抱きしめた彼女の体は、ほのかに熱く、甘い香りがする。

「潮見！ どういうことなの、これは」

「奥さま、申し訳ありません。わたくしの一存でいたしたことでございます」

ヒステリックな叫び声に、潮見が深く頭を下げた。

抱きしめた里桜を、もうこの家の何とも関わらせたくない。

このまま、連れ帰ってしまいたいと思う。

——でも、そうはいかないか。潮見さんは、里桜のために協力してくれた。彼女をこのままにして帰るわけにはいかない。

「里桜、ちょっとごめん。大丈夫？」

「……っ、大丈夫。潮見さんにも、迷惑をかけてしまって……」

泣きぬれた彼女が顔を上げる。小さな違和感が、胸をよぎった。

泣いているのに、里桜は弱ってはいない。

むしろ、いつもより強くまっすぐ立っているように感じた。

「お母さん」

彼女が一歩踏み出す。

「わたしは、もう結婚して沖野家とは戸籍も別です。二十四歳になりました。今回のことで心配をかけたのは、わたしの至らなさだと思います。だけど——今までのように、お父さんとお母さんの言いなりにはなれません。わたしには、一緒に生きていく柊斗さんがいるんです」

ああ、と柊斗は息を吐いた。

彼女は、思い出したのだ。

記憶が戻っている。

発言からも表情からも、それが感じられた。

「何を——」

「何を馬鹿なことを言っている！」

里桜の母のうしろから、ビリビリと空気を震わせる太い声が響いた。

沖野グループの代表であり、里桜の父親。

ひどく歪んだ表情で、彼は里桜を睨みつけていた。

「子どもが親の言うことをきくのは当然だろう。まして、おまえは出来の悪い娘だ。家のための結婚もできないというのなら、最初から育てていない」

「あなた、それは」

「うるさい！　おまえのしつけがなっていないから、こんな愚かなことをするんだぞ。わかっているのか！」

――そうか、彼女の家族はこうやって里桜の心を蝕《むしば》んでいったのか。

幼いころからこんな罵声を聞かされていたら、彼女が自分を何もできない人間だと思い込んでもおかしくない。

実際の里桜は、朗らかで素直で人間としてかわいらしい女性である。その長所を、彼らは何ひとつ評価しなかったということのようだ。

「里桜」

呼びかけると、彼女が泣き笑いの表情でこちらに振り返った。

ひどく恥ずかしそうにしている。

彼女が恥じることは、何もないことを柊斗は知っていた。

「大丈夫だよ。僕がいる」

「柊斗さん……」

里桜の手を握り、大きくうなずいて見せた。

きっと彼女の両親——特に父親は、里桜の声など耳に入らないのだろう。

年配の権力者には、今なおそういうタイプの人間がいることを柊斗は知っている。

手をつないだまま、彼女を自分の陰になるよう立ち位置を移動した。

せめて、盾にはなりたい。

「沖野さん」

柊斗が呼びかけると、里桜の父は顔を背け、母はこちらを向く。

「誰がうちの敷地に入っていいと言った」

低い声で、里桜の父親が毒づいた。

「許可なく勝手に入ったことに関しては謝罪します。また、彼女との結婚に際して一切のご挨拶をしなかったことも重ねてお詫《わ》び申しあげます。ですが、里桜は私の妻です。こうして監禁のようなことを今後された場合、警察への通報、弁護士の介入を考えています」

前もって脳内で整理していた言葉を、つらつらと並べ立てる。

相手が激昂している場合、つとめて冷静に話すのが効果的だ。

もとより柊斗は、あまり感情的に話すほうではないと自負していた。

「警察って……あなた、自分が何を言っているかわかってるの？」

里桜の母が、青ざめた顔で柊斗を睨みつけてくる。

「わかっています。私は、彼女を傷つけるすべてのものに対し、正当な対応をするつもりです。たとえ相手がご両親であっても躊躇はありません」

不安に震える里桜の手を、優しく強く握りしめた。

指先が冷たくなっているから、わかる。

彼女は不安なときや緊張しているとき、いつも手足の末端がひどく冷たい。

手のひらから、大丈夫だよと心が伝わればいいのに。

柊斗はいつも、そう思う。

何も心配しなくていい。

何も怖がらなくていい。

「里桜のことは、僕が守る。もう泣かなくていいんだ。それと――思い出してくれて、ありがとう」

愛しい妻に微笑みかけると、彼女が涙に濡れた目でうなずいた。

「いいか、結婚なんて離婚すればただの他人だ。だが、里桜は我が家の娘だぞ。染谷の両親にはなんと説明した？　里桜との結婚を反対されないはずがない！」

憎々しげに舌打ちをして、里桜の父が言い放つ。

たしかに、彼の言うとおりだ。

母は絶対に里桜との結婚を許さないと言っていた。

だが、そんなことは誰よりも柊斗が承知している。

知った上で、里桜と生きていくことを選んだだけの話だ。

「許されないから、なんだというのですか？」

「な……っ」

「誰かが許してくれないと、結婚してはいけないんですか？　おかしいですね。婚姻は両性の合意のみに基づいて成立すると憲法第二十四条に定められています。私と妻が合意の上で婚姻届を提出しました。いったい、誰が我々の結婚を許さない権利を有しているんでしょう」

「屁理屈《へりくつ》を……！」

「いいえ、これは理屈です。道理です。そして、私たちの権利です。誰に侵害されるいわれもない、私たちは日本国によって夫婦であることを認められています」

それでも、里桜の父親は不愉快そうに歯噛《はが》みしている。

言い負かせるとは思っていない。

そもそも、話の通じる相手なら里桜だって苦しまなかっただろう。

「それでは、私たちはこれで失礼します。今日の件に関しては、里桜から話を聞いて、警察に相談するかどうか判断します。もし謝罪の意志があるようでしたら、明日の午前十時までにご連絡ください。私の連絡先をご存じないかもしれませんので名刺を置いていきます。潮見さん、すみませんがこれを」

柊斗は、里桜の両親ではなくあえて使用人の潮見に名刺を二枚わたした。一枚は彼女に持っていてもらいたい意味を込めている。

「おあずかりいたします」

ちらと目配せをしてくれたところを見ると、潮見も二枚の名刺の意味をわかってくれているようだ。

理解の早い、いかにも仕事のできそうな人物である。

「里桜、帰ろうか。——あれ、荷物はないの？　何も持たずに来たのかな」

「あ、バッグが……」

自分の手を見て、里桜が顔を上げた。

すると、彼女の母親がさっと室内に戻り、見慣れた里桜のバッグを持って中庭に下りてきた。

里桜から聞いていた話と相違ない、美容に気を遣った女性なのは見てとれる。

「里桜、バッグはここよ。今日は話をしようと言っておいて、申し訳なかったと思ってるわ。言いたいこともあるだろうけれど、まずは体を大事にして。困ったときには連絡を……今さら、連絡してと言える立ち場じゃないかもしれないわね」

自嘲的な笑みを残し、彼女が掃き出し窓のほうへ戻っていく。

もしかしたら、何か考えが変わったのかもしれない。

――父親は無理かもしれないが、母親は里桜と向き合ってくれる気持ちを持っているように見える。

里桜を沖野の家から救いたいと思っているのは事実だ。

けれど、彼女にとって切っても切れない血縁者でもある。

できることならば、喧嘩《けんか》別れになるより和解できるのが理想的だ。

――そして、何よりも今は里桜とふたりになりたい。

「おかえり、里桜」

「ただいま、柊斗さん」

記憶喪失の海から、彼女が帰ってきたのだから。

――初めて、見た。

§　§　§

そう思ったけれど、正しくは二回目だ。

髪を乱して、汗だくになって走ってきてくれる、柊斗の姿。

一回目は里桜が歩道橋から落ちて目を覚ましたときに、そして二回目は今日、実家まで助けにきてくれたときだった。

帰り道、タクシーに乗って帰宅する途中、里桜は柊斗の手にそっと自分の手を重ねる。

「思い出すのが遅くなって、ごめんなさい」

ネクタイを引き抜いた彼が、微笑んで首を横に振った。

「里桜のせいじゃないよ」

「……でも」

「謝らないで。僕は、里桜がいてくれればそれだけで幸せなんだ」

泣きたくなるほど優しい彼の声に、里桜は胸が痛くなる。

「それに、歩道橋を落ちそうになっていた婦人を助けたと聞いた。里桜らしい行動だと思う」

「……もう、しない」

「僕は嬉しいけれど、里桜は誰かが苦しんでいるのを見過ごせるかな」

「しないんです。わたしは、誰かじゃなくて守りたい人がいることを、ちゃんと思い出したから」

以前なら、自分を多少犠牲にしても困っている人を助けたいという気持ちがあった。

おそらく幼いころから続く、誰かの役に立ちたいという根本的な願望のせいだ。

役に立つ人間になれれば、認めてもらえる。

ある意味、これは承認欲求だったのかもしれない。

「守りたい人は、柊斗さんですよ？」

そして、もうひとり。

まだ彼には伝えていなかったけれど――

「ありがとう。僕も里桜を守るからね」

「わたしだけじゃ困ります」

「え？」

触れていた彼の手を、腹部にそっと誘導する。

まだ、外から触れても何もわからない。

「もしかして……！」

それでも、柊斗の目が輝いた。

「体調が悪かったのも、そういうことなんだね？」

「そう、です。すぐに言わなくてごめんなさい」

記憶というのは不思議なものだ。

すべてを忘れていた間の自分は、少し自分と異なっている。

思い出したら、忘れていたときのことを失ってしまうように思っていたけれど、そんなことはなかった。

忘れていた自分と、覚えている自分は、コインの裏と表のようにどちらも存在し、里桜はその両方をきちんと把握している。

そのときの感情も、そのときの考えも、すべて。

「わたし、柊斗さんとその……愛し合ったことも、全部忘れてしまっていたの」

「ああ、そうだった。だとしたら、この子が僕の子かわからなくて不安になったのかな」

「恥ずかしいけど、そのとおりです」

今なら、この子が柊斗の子だと確信できる。

里桜は柊斗しか知らない。彼としか、愛し合ったことなんてないのだから。

「ごめんね」

腹部を撫でながら、柊斗が謝罪してくる。

「どうして、柊斗さんが謝るの？」

「きみが思い出せなくてもいいと――いや、思い出さないほうがいいのかもしれないとまで、僕は考えていたんだ」

――ああ、そうだ。柊斗さんはそういう優しさの持ち主だった。

彼は、柳川鍋や踊り食いが苦手で、活け造りも食べない人。

動物を食べるのは仕方がないとわかっていても、あえて生きたまま食べて苦しめたくないと考える人だ。

「わたしが――家族のことで苦しむのを、心配してくれたんですね」

「……そうも言えるけど、きっと僕が里桜のつらい過去に消えてほしいと願った」

ふたりは、ぎゅっと手を握り合う。

ふたつの手の間に、希望や愛情、未来や幸福、そういうステキなものをたくさん閉じ込めようとしている。

指と指を絡める、いわゆる恋人つなぎ。

その指のかたちは、祈りのために人が手を組むのとよく似ていた。

「もし、里桜がすべてを忘れてしまっても、きみが笑っていてくれるならそれでいいと思った。記憶がなくても、僕はきみを愛してる。ほかに何もいらないと思った。きみさえいてくれれば、それでよかった」

きっと、里桜も同じことを思うだろう。

彼を彼たらしめるものは、記憶か人格か。

それとも、魂と呼ぶべき何かなのか。

——だけど、柊斗さんがわたしのことも忘れてしまったとして、それで彼を好きじゃなくなれるかと問われたら、答えはノーだ。

だから、柊斗の気持ちはわかる。

「でも、僕が里桜に失われていた記憶の思い出を語らなかったせいで、きっときみは不安になった。子どものこともそうだね。僕が里桜といつから愛し合っていたか、何も教えていなかった。それなのに妊娠がわかって、怖かっただろう」

「怖くなかったとは言いません。だけど、やっぱり柊斗さんの子だと思いたかった」

愛する人との思い出を忘れても、次に愛したのも同じ人だった。

里桜は、何度巡り合っても柊斗に恋をする。

「あと、うちの両親のこと、ごめんなさい」

「里桜が謝ることはない。僕こそ、きみのご両親にいろいろ言い過ぎたかもしれない。だけど、その点については謝らないよ。もし同じことが起こったら、次は絶対に許さない。僕の妻と子どもを苦しませる人間は、誰であろうと容赦しないからね」

「ふふ、柊斗さん、王子さまみたい」

「……えーと、今の流れでどうしてそうなったのかわからないんだけど？」

「思い出したんです。初めて会った日のこと」

あの夏の葉山で、彼は里桜の足元にしゃがみ込み、靴ずれの手当てをしてくれた。

「しゃがみ込んで、下駄を脱がせて消毒してくれたでしょ？」

「そうだったね」

「あのとき、シンデレラの王子さまみたいだなって思ったんです」

「……なるほど？」

彼はどうやら腑に落ちていないようだった。

男の子は、子どものころにシンデレラの絵本を読まないのかもしれない。

それとも、しゃがみ込む彼の姿を柊斗自身は見ていないからとも考えられる。

「王子さまになってほしいと言うなら、そこはがんばるよ」

「もう王子さまですよ？」

「……なるほど」

相変わらず、柊斗は納得できていない。

でも、それでいい。

彼はいつだって、いてくれるだけで里桜に安心と平穏と、甘い緊張をくれる。

月光に透けてしまいそうな美貌の持ち主だというのに、ところどころかわいい面が垣間《かいま》見える。そんな彼を、好きになった。

タクシーは、走る。ふたりを乗せて。

いや、お腹の中の子もカウントすれば三人を乗せて、世田谷へ向かってタクシーは走る。

§　§　§

マンションの玄関で、里桜は唐突に感情が波を打つのを感じた。

ぶる、と身震いをひとつ。

両腕で自分の体を抱きしめる。

「里桜、どうかした？」

先に里桜を中に入れて、通路側でドアを開けていてくれる柊斗が心配そうに尋ねてくる。

「やっと、帰ってきた気がして、ちょっと気が抜けてしまいました」

実家に監禁されていたからというよりは、記憶が戻ってから初めて新居に『帰ってきた』という意味合いが大きい。

「おかえり、里桜」

「ただいまです」

靴を脱いでシューズクロークにしまおうとすると、彼がぱっと靴を奪ってしまってくれる。

妊娠しているのがわかったから助けてくれるというよりは、もともと彼はそういう人だ。

――やっぱり王子さまなのに、本人は自覚がないのもかわいい。

「そうだ、汗をかいたからお風呂入れますね」

リモコンで湯張りを開始し、洗面所からフェイスタオルを持ってきた。

「柊斗さん、汗が冷えると風邪を引くので拭きましょう?」

「すぐお風呂に入るよ」

「でも、拭いてください」

「わかりました」

彼はタオルを受け取り、リビングのソファに荷物を置くと、その場でスーツのジャケットを脱ぎはじめる。

——な、なんでここで脱ぐの!?

結婚前に抱かれたときも、この新居で記憶を失ったまま抱かれたときも、いつだって部屋は暗かった。

なので、明るいリビングで服を脱がれると妙に見てはいけないものを見ているような背徳感がある。

「里桜、一緒にお風呂に入る?」

「なっ、なんでですか!?」

「あれ、記憶が戻ったんだよね。だったら、入るかなと思ったんだけど」

その言葉に、里桜はひどく混乱した。

自分ではすべてを思い出したと感じているが、もしやまだ抜けている記憶があるのだろうか。

——少なくとも、わたしの覚えている範囲に、柊斗さんと一緒にお風呂に入った記憶はない。

おろおろしている里桜を、しばし黙って見ていた柊斗だったが、

「あははっ、あは、ごめ、ごめん、そんなに悩むと思わなくて」

弾けるように笑い出したではないか。

「え、え、待ってください。今の、わたしをからかったんですね？」

「うん、ごめんね」

「うう……」

「覚えてるふりをして、一緒に入ってくれるかなって期待もあったんだけど」

「……入りたいんですか？」

「それはもう、入りたいんですよ」

笑っているのに、目がやけに真剣だ。

——柊斗さん、本気でわたしとお風呂に入りたい……の……？

この先、お腹が大きくなったら難しい。

だとしたら、今ここで入っておくのが得策なのだろうか。

「うーーーん……」

本気で悩みはじめた里桜を、柊斗が楽しそうに見守っている。

──夫婦って、一緒にお風呂に入るのかな。うちの両親は、そういう感じじゃなかったけど。でも、わたしが知らないだけでお父さんとお母さんもそういう蜜月があったのかもしれないし……

考えはじめると、正しい答えがどんどんわからなくなっていく。

だが、きっと正しいかどうかではないのだろう。

彼が一緒に入浴したいと言っていて、里桜は彼のために何ができるか。

だとすれば、結論はひとつ。

「わかりました。入りましょう」

「いいの？」

「はい、でも……」

上目遣いに、彼を見上げてワイシャツの袖口を軽く引っ張る。

「電気は消してもらえますか？」

「そこは譲るよ」

大きな手が、ぽんと里桜の頭を撫でた。
いつだって、彼の手が安心をくれる。

§　§　§

見慣れたバスルームが、今夜は特別な場所に見えた。
柊斗は先に体を流してバスタブの湯に身を沈めている。
洗面所で、彼女が準備をしている気配がしていた。
——願いは口に出さないと叶わない。でも、口に出すと叶わないとも言う。
この場合、言った者勝ちだったようにも思うが、結果がよければ幸せだ。
恥ずかしがりな里桜が、精いっぱい検討して出してくれた答えに感謝しよう。
もちろん、チャンスを逃す気はない。
「柊斗さん、入っていいですか？」
「どうぞ」
バスルームのドアが開き、タオルで体の前面を隠した里桜が入ってくる。
色白のやわらかな肌が、早くもほんのりと赤くなっていた。

まだ温まっていないから、あれは含羞に染まっているのだろう。

「体、流してから入るので……」

「じゃあ、目を閉じているよ」

「ありがとうございます！」

見せつけてくれても構わないような、美しいスタイルをしているのに、彼女は一度ドアを開けて照明を消した。

約束どおりなので不満はないけれど、暗がりで体を洗うのは困難そうだ。

「ねえ、里桜」

シャワーの音にかき消されないよう、心持ち大きめの声で彼女の名前を呼ぶ。

「はい」

「僕が目を閉じているなら、電気は消さなくてよかったんじゃないかな」

「あ、たしかに……」

「転んだら危ないから、つけておいで。ちゃんと目を閉じているから心配いらないよ」

「……そうします」

いったんシャワーを止めて、彼女がみたびドアを開ける。

閉じたまぶたを透かして、光が感じられた。

約束は、守ることにしている。

特に大切な人との約束は、どんなに些細《ささい》なことでも守りたい。

それが、相手を尊重するということだ。

「柊斗さん」

「ん？」

「わたし、ほんとうに記憶喪失だったのかなって、さっきからずっと考えているんです」

ぽつぽつと、彼女が話しはじめた。

「あの、記憶がなかったのは嘘じゃありません。だけど、あとになって思い返すと、腑に落ちない部分がいくつかあって」

それについては、里桜に話していないことがある。

「お医者さんからも、説明をされたときにすごく曖昧な表現をされたんです。いずれ記憶は戻る可能性が高いとか、原因は事故じゃないかもしれないとか」

「うん。僕もそれについては聞いているよ」

「でも、記憶喪失って記憶が戻らないこともありますよね。あの時点で、一時的な健忘の可能性が高いなんて、言い切れるのかなって……」

そこに関係してくるのが、彼女も医師から聞いているとおり、原因の話だ。

――だけど、そこは思い出さなくてもいいんだよ、里桜。

里桜は以前から、過度のストレスにさらされていた。

両親に愛されようと努力しては、認めてもらえない日々を長く過ごしてきたのだ。

医師たちは検査結果からそのことを見抜き、事情を聞かれた柊斗はそれらをすでに説明していた。

実際、人間は頭を打ったからといってそうそう記憶を失ったりしないという。

その点から考えると、里桜の場合は心因性の一時的な記憶障害が考えられる。

医師からは、そう説明を受けていた。

「僕はよくわからないけれど、彼らは専門家だから統計的な数値を知っていたり、あるいは現場で同様の症例をいくつも見てきているのかもしれないね」

「ああ、そういう考え方もできますね」

「ところで、里桜はそろそろお湯に入ってもいいんじゃないかな？」

「っっ……」

一応、彼女が多少納得したタイミングを見計らって、話を切り上げる。

今回の記憶障害については、原因が確定しているわけではない。

あくまでも、すべては可能性の話だ。

人間の脳については、まだわからないことだらけだと医師は言っていた。

里桜が一時的に個人的な思い出をすべて忘れていたのも、それが戻ったのも、理由を特定することはできない。

人前ではいつもニコニコと笑顔の彼女が、実際はとても繊細で周囲に気を配って生きていることを、柊斗は知っている。

これ以上、里桜に負担をかける必要なんてない。

記憶は一時的に問題が生じたが、結果として元通りになった。

それだけで、いいと思った。

いずれ彼女が落ち着いて、実家としっかり距離を取ることができたら、そのときに話しても遅くはないだろう。

今は妊娠も発覚したばかりだ。

これから本格的につわりが始まって、体の不調が心に影響することだってありうる。

――少しでも、負担を減らしたい。僕にできることは、なんだって代わりにやろう。

だが、どうしても代われないことがある。

子どもを胎内で育て、出産する。

柊斗には、肩代わりできないことを、彼女はこれからやろうとしている。

シャワーを終えた里桜が、あらためてバスルームの照明を消した。

それから、バスタブのふちに手をかけて、

「お邪魔します……」

遠慮がちに足先をそっと湯につける。

「里桜、バスタブは広いからそんな端に寄らなくていいよ。いっそ、僕に抱っこされるのはどう？」

「それはさすがに恥ずかしいです……っ」

「ふふ、里桜らしい気もするけれど、少しだけ残念だな」

里桜はすみっこにちんまりと膝をかかえて座っているようだ。

電気が消えていても、目が慣れてくるとシルエットくらいは見える。

「柊斗さんは、わたしの記憶がなくなって困ったことはありませんでしたか？　あ、いえ、これは聞き方が悪いですね。きっと、困らせてしまったと思います。ごめんなさい」

長い髪をくるりと頭の上に留《とど》めた里桜がうつむいた。

「困ったことか。何かあったかな」

「あっても、柊斗さん、言わないだろうなってわかってます」

「まあ、妊娠を教えてもらえないっていうのは困ったというか、寂しいところではあるんだけど」

「そっ……それは、その……」

ただし、理由についても今はしっかり理解している。

今さらそれを責めるつもりはないし、柊斗としては自分が彼女をもっと気遣うべきだったと反省しているのだ。

「寂しいな」

「柊斗さん？」

「寂しいから、こっちに来てくれないかなー」

半分冗談、半分本気でつぶやいた。

いや、実際は八割以上本気だったかもしれない。

「……くっつくだけ、ですよ？」

「うん。おいで」

両腕を広げると、そこに里桜が寄り添ってくる。

ほっそりとした体躯《たいく》なのに、彼女の体はどこもかしこもやわらかい。

優しく抱きしめると、心がせつなさに疼く。

「次の検診は、一緒に行ってもいい？」

「はい、一緒に行きましょう。あっ、そうだ、エコー写真もらってきたんです。お風呂上がったら見ますか？」

「もちろん。ぜひ見たいよ」

「ふふ、じゃあ、上がったら」

夫婦というのは、そばにいると似ていくらしい。

最近、里桜が「ふふ」と笑うたび、お互いの笑い方が似てきたのを感じる。

まだ新米夫婦のふたりには、可能性の未来がどこまでも広がっていた。

§　§　§

入籍から三カ月が過ぎ、十月がやってくる。

里桜は病院で、記憶が戻ったことを担当医師に伝えた。

頭を打った後遺症もないため、これで通院は終わりになる。

しかし、同じ病院の産婦人科に通うことになったので、結局前と同じ頻度で病院に行っていた。

胎児は順調に成長中だが、里桜のつわりは悪化の一途をたどっている。

魚を焼くにおいが苦手になり、以前は好きだった食べ物も食べられなくなった。

逆に、前はあまり食べなかった、バーガーショップやコンビニのフライドポテトをよく食べる。

つわりで具合の悪い日でも、フライドポテトは里桜の味方だ。

「里桜、ただいま」

吐き気がつらくてソファに横たわっているうちに、眠ってしまったらしい。

帰宅した柊斗の声で目を覚まし、里桜は自分が寝ていたことに気づいた。

「おかえりなさい。ごめんなさい、ちょっと具合がよくなくて……」

「大丈夫だよ。夕飯を買ってきた。それと、少し季節外れだけど、これ」

もう秋だというのに、いったいどこで買ってきたのか。

柊斗は、丸々と育った立派なスイカを袋から取り出して見せる。

「売ってたんですか？　嬉しい……！」

最近、スイカが食べたいと話していたのだ。

輸入品を取り扱う食品店で、スイカジュースを買ってみたけれど何か違う。

とはいえ、十月ともなるとスイカは手に入りにくい。

「食べられそうなら、切ってくるよ」

「あ、わたしが」

ソファから起き上がろうとした里桜に、「いいから横になっていて」と柊斗が微笑む。

以前は料理なんてしたこともなかったはずの彼は、最近めきめきとできることが増えてきている。

トーストとサラダと卵料理、それに簡単なスープを作れるようになって、朝食の準備は任せきりだ。

今日もそうだけれど、夕食はデリで買ってきてくれることも多い。

もとから優しい人だが、つわりで苦しんでいるときにずっとそばに寄り添ってくれる。

「……わたし、ほんとうにステキな人と結婚したんだなっていつも思うんです」

「そう？　僕は、もっと里桜にできることがあればってい つも思ってるんだけど」

「じゅうぶん、大事にしてもらってます」

テーブルに、カットしたスイカを盛りつけた皿が運ばれてきた。

スイカの切り方動画を見て、切ったらしい。

「わあ、おいしそうです！」

「どうぞ、召し上がれ」

夕食を買って帰ることが増えた柊斗だが、彼は買うものもずいぶん厳選している。

妊娠中に食べないほうがいい食べ物はいろいろある。

刺し身やチーズ、アルコールやカフェインを含む飲料など、里桜が食べないものは柊斗も徹底して口にしない。

出産は女性しかできないことだから、と彼は言う。

「僕はできることを、里桜と一緒にやっていけるように努力中なんだ。わかっていなくて迷惑をかけることもあるかもしれないから、そのときは教えてほしい」

「いつもありがとう、柊斗さん」

みずみずしいスイカは、かじると夏の味がする。

やっと秋が来たと喜んでいたのに、夏代表みたいなスイカが食べたくなるだなんてつわりというのは厄介だ。

「ほかにも食べたいものがあったら、いつでも言って。遠慮したら駄目だよ。里桜は、もっとわがままになっていいんだ」

「あまり優しくすると、つけあがるかもしれませんよ？」

「そのくらいでちょうどいいんじゃないかな。里桜は遠慮がちだからね」

「柊斗さんは、優しすぎます」

「そういうのは嫌い？」

「……優しくしてくれても、してくれなくても、柊斗さんのことを嫌いになんかなりません」

「ふふ、大好きだよ、里桜」

あとふたつ、季節が過ぎるころに、染谷家には家族が増える。

出産予定日は、三月末だ。

§　§　§

十二月に入ると、柊斗はスマホのカレンダーアプリを眺めて破顔することが多くなった。

それというのも待ち望んだ安定期に入ったからだ。

里桜のつわりも落ち着き、最近はマタニティヨガを始めている。

顔色がよくなって、大きくなってきたお腹がたまらなく愛しい。

――それにしても、喉元過ぎれば熱さを忘れるっていうのはほんとうだな。

アプリを切り替え、着信履歴を確認しながら、柊斗は短いため息をついた。

当初からふたりの結婚に反対の意を示してきた母が、毎日電話をかけてくる。

三回に二回は留守番サービスにメッセージを吹き込み、里桜と一緒に食事をしようと誘ってきていた。

すでに染谷グループの仕事を離れ、柊斗は自分で立ち上げた会社を気心の知れた仲間たちと軌道に乗せている最中だ。

もう染谷家とかかわらなくとも、里桜と子どもを守っていける見込みは立っていた。

連絡してくるのは、染谷の母だけではない。

里桜にストレスをかけたくないという考えで、沖野家からの連絡も自分にしてもらえるよう伝えてある。

その結果、里桜の母親から「手伝えることがあればなんでも」という殊勝な申し出が続いていた。

今はなんと言っていても、かつて里桜を苦しめた人物だ。

反省したという言葉を鵜呑《うの》みにすることはないし、里桜と違って柊斗は疑い深い面も持ち合わせている。

つまり、双方の母親からの電話攻撃を一手に引き受けている状態だが、彼女たちが里桜に連絡しないよう適度に通話をしたり、放置したり、柊斗は手綱をしっかりと握っていた。

母親たちの変化は、やはり初孫への期待なのだろうか。

——だとしても、過去を水に流して何ごともなかったようにつきあっていくのは無理だ。

自分ひとりなら、やり過ごす道を選ぶ可能性もあったけれど。

今の柊斗は、里桜と子どもを守る立ち場にいる。

スマホの画面を見ているうちに、実家の母から電話がかかってきた。

逡巡した柊斗は、着信を留守番サービスに転送する。

今、あまりこちらの状況を探られたくないタイミングだ。

——週末には結婚式の予定だなんて、知ったら間違いなく式場を調べて乗り込んでくるに違いない。

今週末、安定期に入った里桜とふたりで山梨県《やまなしけん》へ旅行の予定だ。

ふたりきりの結婚式を挙げに行く。

誰にも邪魔されたくないから、新会社の仲間たちにも秘密にしてあった。

マタニティ婚の対応もできる高級ホテルの式場なので、里桜も安心してくれている。

今、柊斗がもっとも重視しているのは、彼女がリラックスできる環境を整えることだ。

「だから、反省してるというならもうしばらくおとなしくしていてもらうよ」

どんなに自分を虐げた相手でも、最終的に許してしまう里桜を知っている。

今はまだ、その時期ではないのだ。

柊斗はスマホをポケットにしまい、プレゼンの用意を始めた。

§　§　§

「わあ……！　ガーデンチャペルって、ステキ……」

八ケ岳《やつがたけ》のふもとにあるホテルで、里桜はふたりだけの結婚式の会場を前に目を瞠った。

斜めに空いたドーム型のチャペルは、周囲に水が張り巡らされている。

ドーム部分は透かし模様が入っていて、そこからきらきらと光が入ってきていた。

「チャペルより、里桜のほうが魅力的だよ」

白いタキシードを着た柊斗が、そっと里桜の腰を抱き寄せる。

マタニティウエディングドレスを身にまとう里桜は、彼を見上げて微笑んだ。

「柊斗さんも、とっても似合ってます。写真、たくさん撮ってもらいましょうね」

「もちろん。何百枚でも」

「そ、それはちょっと多すぎるかな……」

白いチューリップだけで作ってもらった上品なブーケは、冬の結婚式らしさを感じさせる。

――ねえ、ママはとっても幸せだよ。わかる？

ブーケを持つ手で腹部を撫でると、幸せを強く実感した。

あと三カ月もすれば、この子に会える。

ほんとうは、出産前の結婚式に迷う気持ちもあった。

今、無理をして挙式をしなくとも、すでにふたりの結婚生活は始まっている。

誰を呼ぶでもない、ふたりきりのウエディング。

いっそ、子どもが生まれてから三人で挙げるのも悪くないと思っていたのだが――

「里桜をひとりじめできるうちに、結婚式をしたかったんだ」

幸せそうな彼が、ありがとうと言って里桜のこめかみにキスをした。

「そう言って、この子が生まれてきたらわたしより夢中になっちゃうんじゃありませんか？」

「どうだろう。僕としては、子どもとふたりで里桜の取り合いをしそうな気がするけど」

「ふふ、わたしはきっと、仲良し家族になれると信じてるんです」

金銭的に恵まれた環境でありながら、ふたりはどちらも家族とうまくいかない子ども時代を送ってきた。

だからこそ、自分たちの子どもには同じような想いをさせたくない。

「ああ、見て、里桜。鳥が飛んでいく」

「ほんとだ。なんだか冬ですね」

「寒くない？」

「はい、大丈夫です」

遠ざかる鳥たちを追いかけるように、チャペルの鐘が鳴った。

結婚式が、始まろうとしている。

──ウエディングドレスなんて着られなくても、柊斗さんとふたりでいられるだけで幸せだと思ってた。

いちばん望んだものが手に入ったから、それ以上をほしがったらバチが当たるような気がしていたのかもしれない。

結婚式をしようと言ってくれた柊斗にも、そのことを話した。

もうじゅうぶん幸せだから、何も望まない、と。

「ねえ、里桜」

隣に立つ彼がそっと里桜の頬に触れる。

「僕は、自分の人生でこんな幸せな日が訪れるなんて、考えてもいなかったんだ。だけど、きみと出会って世界が変わった。里桜がそばにいてくれるだけで幸せだったのに、もうすぐ子どもも生まれてくる。諦めることに慣れてしまっていた僕に、そうじゃない未来をくれたのはきみだよ」

「柊斗さん……」

「これから先も、きっときみといると世界が広がっていく。一緒に、行ったことのないところへ行こう。今まで知らなかった幸せをたくさん経験しよう。そして、僕たちの子どもに全部教えてあげたいんだ」

未来は、いつだって不確定だ。

だからこそ、前もって諦めて可能性を狭めておく必要なんてない。

ほのかな初恋は、今こうしてふたりで挙げる結婚式に続いていた。

「わたし、幸せです」

「僕もだよ。里桜のおかげだ」

「柊斗さんのおかげですよ」

「ふふ、じゃあ、ふたりのおかげだね」

白いチューリップのブーケに結んだリボンが揺れる。

美しい自然に囲まれて、ふたりだけの結婚式が始まった。

§　§　§

ほあぁ、ひぁあ、とまだ力の入らない泣き声が聞こえて、里桜はがばっと起き上がる。

「佳生里《かおり》？　起きちゃったの？」

生後一カ月の娘の泣き声が聞こえると、どんなに疲れて眠っていても一瞬で目が覚めるようになった。

「あれ、里桜も起きちゃった？」

娘を抱っこした柊斗が、小さな声で尋ねてくる。

「柊斗さん」

「いいよ、寝ていて。おむつも替えたし、このまま寝てくれそう」

四月も終わりに近づき、東京は早くも夏の気配がしていた。

朝夕は涼しいものの、日中はエアコンが必要な日も多い。

「でも、柊斗さんだってお仕事忙しいのに。ちゃんと寝ないと、明日つらくないですか？」

新米のパパとママは、かわいい娘の夜泣きに少々睡眠不足だった。

「僕は日中、佳生里のそばにいられないから。里桜は、ひとりで面倒を見てくれてる。家にいる時間くらいは、僕にやらせてよ」

「……ほんとは、ちょっと助かるなって思ってました」

「正直でよろしい。ね、佳生里。ママはもっと寝てね、って」

そうは言うものの、柊斗は自宅にいる間、どんなに疲れていても娘の世話をしてくれる。

それどころか、里桜が疲れていると風呂上がりに髪を乾かしてくれるし、寝る前に腰や脚のマッサージまでしてくれるのだ。

――わたし、柊斗さんに甘えすぎじゃない？

「んー、どした？　ミルク少し飲みたいかな？　じゃあ、パパが作ってあげるからね」

佳生里を抱いたまま、柊斗がリビングへ歩いていく。

遠ざかる泣き声に、里桜は目を閉じて眠りに落ちていった。

慣れない育児で、体は疲労している。

柊斗がいてくれるから、こうして休むこともできているけれど、彼は大丈夫だろうか。

しばらくすると、ベッドがぎし、と小さく軋《きし》む。

「ん……」

「ごめん、起こしちゃったかな」

「しゅうと、さ……」

佳生里をベビーベッドに寝かせてから戻ってきたらしい夫に、里桜は右手を伸ばす。

「よしよし、まだ朝じゃないから、里桜ももう少し休んで」

彼は、妻のことも寝かしつけてくれるのか。

優しく抱きしめられて、背中を撫でられると、心も体も安心していく。

「ほんとは、柊斗さんのこと待ってるつもりだったんだけど……」

「寝ていていいんだよ」

「うう……ありがとう……」

「どういたしまして。里桜こそ、僕たちのかわいい娘を生んでくれてありがとう」

彼の胸にぎゅっとしがみついて、馴染んだ香りを吸い込んだ。

「柊斗さんの、香りがする」

「ほかの男の香りだったら困るよ」

冗談めかして、彼が小さく笑った。

「あのね」

「うん？」

「わたし、毎日すごく疲れてるけど、それ以上に幸せなんです」

「それは僕も同じだな。佳生里と里桜がいてくれたら、どんなに疲れていてもがんばれる。きみたちは、僕の原動力なんだよ」

「好き、柊斗さん……」

「僕も、大好きだ」

眠気の中で、キスをして。

抱き合ったまま、夢に落ちていく。

もしかしたら同じ夢にたどり着けるのでは、なんて。

――柊斗さん、好き。大好き……

先に寝息を立てたのは、里桜のほうだった。

柊斗が薄く目を開けて、愛しい妻の寝顔を眺めていただなんて、里桜は知らない。

「おやすみ、里桜」

§　§　§

あれはもう、二十年も前のことになる。

中学受験を控えた十二月、柊斗は勉強に忙しい時期だったにもかかわらず、両親が参加するクリスマスパーティーに同行させられていた。

「まあ！　染谷さんの息子さん、ずいぶんな美少年なんですのね。それに、利発そうなお顔立ちで」

「あの進学校を受験なさるの？　さすがは染谷さんのお子さんね」

「ねえ、染谷さん。息子さん、子役でもやってらっしゃるのかしら。うちの娘が、柊斗さんと一緒に写真を撮りたいと申しまして――」

大人たちの社交は、まだ小学生の柊斗にはまったく理解不能だ。うんざりするほど褒めそやされ、なぜ自分がここに連れてこられたのかをあらためて実感する。

家ではろくに話もしない両親が、仲睦《むつ》まじいふりをしていた。

そして、彼らにとって――いや、特に母親にとって、息子はハイブランドのアクセサリーのような存在だった。

幼いころからきれいな顔立ちをしていた柊斗は、パーティー会場で注目の的になる。母は柊斗を連れ回すのを好んだ。けれど、顔がいいだけでは足りないのだ。

中学受験のために、小学校三年からずっと家庭教師と塾で勉強をしてきている。

――なのに、追い込み時期にこんなパーティーに連れてくるなんて、母さんは何を考えてるんだろう。

さんざん愛想笑いをして、疲れた表情筋。

柊斗は、会場の壁際に置かれた椅子に座り、小学生らしくないため息をついた。

「けーきどーぞ」

不意に、その声は聞こえてきた。

「え」

足元に、小さな女の子が立っている。

手には、会場に置かれているひと口サイズの洒落《しゃれ》たケーキを載せた皿を持っていた。

「あの、それ、僕に？」

「おにーちゃんに、あげる」

「……ありがとう」

五歳か、もっと下か。

今日のパーティーの参加者が連れてきた子どもなのだろうが、さすがにこんな小さい子をひとりにしておくなんてひどすぎやしないか。

「どういたしましてっ」

そう言って、少女は去っていこうとする。

「あ、待って！」

左右に揺れるツインテールが、ぴょんと跳ねた。

「けーき、もっといる？」

「そうじゃなくて……えっと……」

柊斗は、自分の隣の席を手でぽんと叩いて見せた。

「ケーキ、ひとりじゃ食べ切れないから手伝ってくれるかな」

「おてつだい……」

「一緒に食べてもらってもいい？」

「うんっ、りお、けーきすき！」

少女はとてとてと戻ってくると、両手を椅子の座面に置いた。

なるほど、ひとりでは大人用の椅子に座れないのだ。

手近なテーブルにケーキを置き、柊斗は少女を抱き上げて椅子に座らせる。

「おにーちゃん、くりすますってしってる？」

人見知りを知らない少女は、無邪気な目でこちらを見上げてきた。

「りおね、ようちえんできいたの。あのね、さんださんっていうおじいちゃんが、みんなにプレゼントをくれるんだって」

「それ、たぶんさんださんじゃなくて、サンタさんだね」

「さんたさん？　さんださんじゃないの？」

「えーと、サンタさんはほんとうはサンタ・クロースっていうんだよ。外国のおじいちゃんで、白いひげが生えてるんだ」

「がいこく！　りお、しってるよ。てれびでみたことある」

「きみは、りおちゃんっていうんだね」

「さとにさくらってかくの」

里に、桜。頭の中で、美しい景色が広がった。

「里桜ちゃん、いい名前だね」

「うん！　おかあさんがつけてくれたんだって」

「そっか。じゃあ、ケーキを食べよう」

「はーい！」

それから三十分ほどだろうか。柊斗は、里桜と名乗る少女とふたりで過ごした。

小さな女の子は、柊斗の外見を褒めたりしない。

受験する中学校の名前なんて知らないし、父の仕事を褒めそやしてくることもない。

幼稚園の話と、サンタがどうやってみんなのほしいものをリサーチしているかを交互に会話に織り込んでくるので、集中していないと話が混戦してしまう。

ぴょんぴょん揺れるツインテールは、うさぎの耳を思わせた。

「おにーちゃんは、さんださんになにをおねがいしたの？」

何度教えても、気づくと少女はサンタを『さんだ』と呼ぶ。

「うーん、お願い、か」

「ほしいもの、なんでもくれるんだって。りおね、プレゼントに、おかあさんとなかよしになりたいの」

その言葉に、ハッとした。広いパーティー会場で、誰も彼女を探しに来ない。

「そっか。願いがかなうといいね」

願いごとをするのは、七夕だ。

多くの子どもたちにとって、クリスマスはほしい玩具《おもちゃ》を買ってもらうイベントではないのか。

あるいは、少女はプレゼントすらもらっていないのだろうか。

そんな懸念が胸をよぎる。

ここに集まる大人たちは、皆裕福な生活をしているものばかりだ。それなのに、少女の両親はプレゼントのひとつも与えていないのかと、心配になってくる。

「おもちゃも、おにんぎょうも、いっぱいあるの。だから、プレゼントはほしくないんだ」

「ああ、そうなんだ」

「それより、おかあさんとなかよしになって、いっぱいいろんなところにいっしょにいくの。そうしたら、おとうさんもりおのこと、だいじだいじになるでしょ？」

「うん」

「それでね、みんなでなかよしになって、りおがおとうさんとおかあさんに、さんださんみたいにプレゼントあげるの」

ひみつだよ、と彼女は口の前に人差し指を立てた。

「秘密にするよ」

「ありがと、おにーちゃん」

少女が椅子から飛び降りて、右手を振る。

「りお、おかあさんのことさがしにいくね。おにーちゃん、ばいばい」

唐突に現れ、唐突に去っていく。

子どもらしい自由さが、愛しかった。

「気をつけてね」

「はーい、またねー」

会場には、静かにクリスマスソングが流れている。

不思議に胸が温かい。

彼女の持ってきてくれたケーキの最後のひとつを、フォークでさして口に運んだ。

甘いクリームは、どこか懐かしく感じる。

メリークリスマス、と柊斗は小さく声に出した。

あの女の子の願いが叶うなら、七夕だろうとさんださんだろうと、なんだっていい。


そして、二十年後。

柊斗は、あのときの少女を胸に抱いている。

――あれは、やっぱり里桜だったと思う。

おそらく、彼女に聞いても覚えていないだろう。

運命だなんて言うつもりはないけれど、ふたりには何度も出会いの機会があった。

今、こうしてふたりで同じベッドに眠るのは、不思議な縁に導かれたのかもしれない。

「しゅうと、さん……」

腕の中、二十五歳になった里桜が子どものように無邪気に微笑んでいる。

「ここにいるよ」

「ふふ、いたぁ……」

胸元に、すりすりと彼女が頬を寄せてきた。

「誰よりもそばにいて、クリスマスにはたくさんプレゼントをあげる。きみが幸せでいられるように、僕のすべてを賭けて――」

だから一生、僕のそばで笑っていて。

柊斗は愛しい妻を抱きしめる。

その腕にどれほどの決意があるか、彼女は知らなくて構わない。

覚えていなくたって、彼女は彼女だと柊斗はわかっていた。

あの日の少女ごと、里桜を幸せにするのだから。

§　§　§

七夕の一週間前、梅雨明け宣言の翌日に、里桜は家族そろって赤坂《あかさか》にある料亭に来ていた。

家族というのは柊斗と佳生里のことだけれど、今日は――

「ほんとうに申し訳なく思っています。だから、どうかお願いです、柊斗さん」

「柊斗、こんなにお願いしているんだから、意固地にならなくてもいいでしょう？

あなたも親になったのなら、わかってくれるはず——」

ふすま一枚隔てた隣の部屋で、柊斗が染谷の両親と里桜の両親に対峙《たいじ》している。

出産前から、双方の母親たちが連絡してくるのを彼はすべてひとりでさばいていた。

里桜の両親にいたっては、染谷家との結婚を認めず、監禁さえ辞さない態度だったはずなのに。

——佳生里ちゃん、おじいちゃんおばあちゃんたちは不思議ですねえ。

声に出さず、抱っこした娘に心の中で話しかける。

これまで、佳生里が生まれてから一度も祖父母たちには会わせていない。

そもそも里桜自身が両親と会っていないのだから、当たり前の話だ。


「まったく、体裁しか考えていないんだ。うちの両親は」

「たぶん、わたしの親もそうです。だけど、こんなにかわいい孫がいるって知ったら、会いたくなる気持ちも少しだけわかるかも……」

出産後はますます連絡が激しくなったらしく、柊斗が困っていたのを見かねて里桜が今日の席を提案した。

お食い初めに、双方の両親を招いてはどうだろうか、と。

「里桜、まさかとは思うけど和解するつもり？」

「……どうかなあ。考え中です」

だが、このまま放っておいては柊斗が大変な思いをしつづけることになる。

両親の反対を押し切って結婚したとはいえ、どこかで折り合いをつけなければいけないのはわかっていた。

それが、佳生里のお食い初めというのなら、悪くないような気もする。

「僕の妻は優しすぎるのが困ったものだ」

「困らせてますか？」

「いや？　だけど、本気なら先に僕が会って念書を取るから、会うのはそのあとで」

「念書って……」

「里桜と佳生里が、少しでも嫌がるようなことをしたら二度と会わせない、とかかな」

「……柊斗さんは、ちょっと過保護すぎるのでは？」

「そんなことないよ。大事な妻と娘なんだから、当たり前」


そして、今。

料亭の個室で、里桜と佳生里を隣の部屋に待機させ、柊斗は両家の親たちに娘を会わせるかどうか、最後の審判を下そうとしている。

漏れ聞こえてくる母親たちの声は、最初こそ「祖母なんだから会う権利はある」とか「佳生里ちゃんだってばあばに会いたいはず」なんて強気だったけれど、柊斗がそう簡単に許す気がないとわかってきて、次第に懇願に変わってきている。

――不思議だな。柊斗さんのご両親は知らないけれど、うちの父も母も頭を下げてまでわたしの娘に会いたがるとは思わなかった。

里桜にとって、両親は畏怖の存在だったのだ。

いつも彼らは自分を束縛し、親の自由になる人形のように扱ってきた。

友人も、学校も、就職先も、あまつさえ結婚相手さえ、彼らは勝手に決める気だった。

親となってわかったことは、この小さな命をただ幸せにするためだけに自分は生きている。

「僕は、娘が祖父母に会わず生きていくのも悪くないと考えています。妻と娘に害をなす存在なら、いないほうがましですから」

「柊斗、さすがにその言い方はどうだろう」

「そうよ、柊斗。両親に対して、なんて言い方なの」

「気に入らないなら、どうぞお帰りになってください。沖野のご両親に対しても、同じ気持ちです。あなたたちは里桜の妊娠が判明したときに、彼女を監禁して離婚させようとしましたね。僕は、それについても許したわけではありません」

──あ、やっぱり柊斗さんは許してなかったんだ。

聞こえてくる彼らの声に、思わず耳を澄ませてしまう。

「あの節はほんとうに申し訳ありませんでした。わたしたちが間違っていたんです。ね、あなた。里桜に心から謝罪するつもりで、今日はここに来たのよね？」

「ふん、私は別に──」

「あなた！　約束したでしょう！　里桜に謝れないなら離婚ですっ」

──え、えっ⁉

さすがに母がそこまでのことを言うとは、里桜も心底驚いた。

孫に会いたいというパワーは、人をこんなにも変えるのか。

「皆さん、落ち着いてください。僕は何も、あなたたちとケンカをしたくてご招待したわけではありません。妻と娘に会いたいのなら、今後は今までのような態度をあらためて、節度ある対応をしてくださいと言っているんです」

「だから、それはわかったわ。謝ると言っているでしょう？」

「口約束を信じられるほど、僕たちも愚かではないんですよ。なかなかおわかりいただけないようですので、はっきり言います。この念書にサインをしてください。書いてあることをひとつでも破ったら、二度と里桜にも佳生里にも会わせる気はありません」

彼が準備した念書は、里桜も一応読ませてもらった。

その中には、染谷家と沖野家の対立を佳生里に一切見せないことも含まれている。

また、連絡はかならず柊斗にすること、約束なしに勝手に会いにこないことなど、現実的な取り決めも微に入り細に入りまとめてあった。

「こんなもの、親に書かせるだなんて……」

「わかりました。書きます」

里桜の母が、念書に署名する決断をした。

「だったら、わたしも書くわよ。沖野のおうちにだけ孫を見せるだなんて――」

「母さん、アウトですよ。染谷家と沖野家が敵対するようなら、僕は娘をあなたたちに会わせることはできません」

「っっ……、わかったわ。だけど、親戚の皆さんがどう思うかまで、わたしは責任持てませんからね！」

「そうですね。親戚の皆さんがもし里桜と佳生里に何か言うようなら、僕は家族そろって海外に移住することを考えます」

「なっ……」

「それが嫌だというのなら、どうぞ親戚にも根回しを。ああ、これは沖野の家についても同様ですので」

まったくもって、容赦ない。

だが、そこまでしなければ安心できない気持ちもわかるのだ。

そこからさらにひと悶着があったのち、やっと手はずが整った。

念書へのサインと意思確認が終わって、柊斗が「里桜、おいで」とふすまを開けてくれる。

「お待たせしました。妻の里桜と、娘の佳生里です。本日は、佳生里のお食い初めにご列席いただきありがとうございます」

そして、祖父母たちのデレデレタイムが始まったわけだが――

「土下座なんて、わかりやすいパフォーマンスですべてなかったことにはさせないけど」

帰り道、車の運転をしながら柊斗が言う。

里桜の母は、娘を前にしたとたんひたいを畳にこすりつけたのだ。

「それでもきみのお母さんが、どういうかたちであれ里桜のことを愛する気持ちも持っているのはわかったよ」

「ふふ、そうですね。実はわたしも、妊娠が母にバレたとき、以前と違う顔を見たと感じたんです。だから、やっぱりうちの佳生里がみんなを幸せにしてくれているんでしょうね」

「それは間違いない。でも、僕にとっては里桜がいなきゃ何も始まらなかった」

「わ、わたしも、そうですけど……」

「とにかく念書も取ったし、今後どちらかの親が問題行動を起こしたときには、速やかに僕に言うこと。いい？」

「はい。わたしも念書を書く？」

「いらないよ。里桜の言葉は、いつだって契約なしにすべて信じてる」

ベビーシートでおとなしくしていた佳生里が、突然泣き出した。

「佳生里、もうすぐおうちだからね。ちょっと待ってね」

「たくさん大人に会って、疲れたのかな。帰ったらパパが寝かしつけてあげるよ」

「柊斗さんだって、今日は疲れたでしょう。わたしが見ますよ」

「いいんだ。大丈夫。僕にとっては、かなりの収穫があったからね」

――収穫……？

首を傾げた里桜に、柊斗が小さく笑った。

「これで、たまには佳生里をあずけてデートもできるでしょう？」

「えっ、そ、そういう理由で……？」

娘が生まれて以来、ふたりの時間はなくなってしまった。

だけど、そういうものなのだろうと心のどこかで里桜は納得していたのに。

「あのね、里桜」

「はい」

「僕は佳生里がかわいい。目に入れても痛くない」

「……知ってます」

「だから、僕たちのかわいい娘にきょうだいが必要だと思ってる」

「………………」

いや、言いたいことはわかる。

自分たちは、高確率で娘より先にこの世を去る。

そのときに佳生里がひとりで残されるのではなく、心許せる家族がいたらいいと、柊斗はそう思っているのだろう。

実際、柊斗も里桜もひとりっ子なので、きょうだいに憧れる気持ちは持っていた。

「あの、柊斗さん」

——それってつまり、きょうだいを作る過程についても言及してる!?

ふたりの時間がないというのは、もちろんそういうタイミングもないわけで。

「ご想像のとおりだと思うけど、はっきり言葉で言ったほうがいいのかな」

「けっこうです！」

「ふふ、遠慮しなくていいのに。里桜はいつまでもかわいいね」

「……柊斗さんは、優しい人なのは間違いないんですけど、たまにちょっと……」

「ちょっと、何？」

「イジワルです」

頬を膨らませた里桜を見て、彼が笑い出す。

天敵のはずだった。

それはモンタギュー家とキャピュレット家のように、憎み合うふたつの家のはずだったのだ。

里桜は、お互いの家が和解する日なんて一生来ないと思っていた。

――柊斗さんって、ほんとうにすごい。

「僕が意地悪だとしたら、それはたぶん里桜がかわいすぎるせいだよ」

帰り道は、そろそろ日が暮れてオレンジ色のフィルターがかかっている。

この先には温かくて幸せで優しい気持ちがいっぱい詰まった、三人の住む家が待っている。

「柊斗さんにかわいいと思ってもらえるよう、がんばりますね」

「その発言が、もうかわいい。里桜は五歳のころから、ずーっとかわいい」

「あ、そういえばわたし、そのこと覚えてないんです。五歳のときに、柊斗さんと出会ってるんですよね?」

「うん。だけど、どうしようかな。もったいなくて教えたくない気もするよ」

「ええ……?」

「じゃあ、いつか佳生里が『さんださん』をわかるようになったら、教えてあげる」

さんださん、というのは覚えがあった。

子どものころ、サンタ・クロースをさんださんと呼んでいた時期がある。

「ど、どうしてそれ、知ってるんですか？」

「ふふ、まだ内緒だよ」

「柊斗さんっ」

車がマンションの駐車場に到着すると、柊斗が短いキスをひとつ。

「キスじゃごまかされませんからね」

「だったら、ベッドかお風呂でごまかされてくれる？」

「そういうことじゃなくて……！」

たとえ記憶を失っても、やはりこの人に何度も恋をするのだろう。

こんな幸せな時間を一緒に過ごせる人は、柊斗だけなのだから。

「愛してるよ、里桜」

「ふぇえああ、あああ」

「ああ、佳生里ももちろん愛してるからね」

今ここに、ふたりが描いた幸福が存在している――

番外編　染谷家のメリークリスマス

「ねえママ、クリスマスにゆきふるかなあ」

四歳になった娘の佳生里が、窓の外をじーっと見つめている。

「どうかなあ。最近は、あまりクリスマスの時期に雪が降らないから難しいかもしれないね」

「かおり、クリスマスにゆきがふってほしいの」

「どうして？」

「うーんとね、どうしても！」

――ん、理由はわからないけど、降ってほしいのはわかった。

とはいえ、残念ながら里桜には娘の願いを叶えることはできない。

せいぜい、白いおりがみを切って雪を降らせるのが精いっぱいだろう。

「それに、うちにはえんとつがないよね」

「マンションだから、煙突はないね」

「ねえママ」

「うん？」

「えんとつってなあに？」

佳生里は、四歳にしては語彙力がある。

確実に柊斗に似たと思う。

そして、本人は話している言葉の意味を知らないことがある。

――そういうちょっと抜けたところは、残念だけどわたしに似ちゃったのかなあ。

「煙突っていうのはね、暖炉の煙をお外に出すためのものなの」

「だんろってなあに？」

これは予想どおりの展開だ。

煙突を知らない娘が、暖炉を知っているとは考えにくい。

「んー、暖炉はね、冬にお部屋が寒いとき、火を燃やしてあったかくするものだよ」

しばし考え込んだ佳生里が、ぱっと顔を上げる。

「わかった、すとーぶ？」

「そうだね。ストーブに少し似てるね」

東京のマンション育ちの佳生里は、エアコン以外の冷暖房機器をあまり知らない。

ストーブは、今年の二月に家族で雪山に遊びに行ってロッジにあったから覚えたのだろう。

「じゃあ、クリスマスにえんとつくださいっておねがいしないと」

「かおちゃん、煙突がなくてもサンタさんは来てくれるから大丈夫よ。去年も来てくれたもの」

「でも、えんとつからさんださんがはいってくるって、せんせいがいってたもん」

サンタが入ってこられるように煙突をもらうだなんて、卵が先かニワトリが先かみたいな話だ。

そもそもマンションに煙突はない。

「そうだ。まずは靴下の準備をするのはどうかな」

「あっ！　おっきいくつした！」

去年のクリスマスに、里桜はミシンを使って大きな赤い靴下を作った。

そこに佳生里が、シールを貼って準備をした。

「ママ、おっきいくつした、どこにしまったの？」

「どこだったかなあ。クローゼットの中にあるかもしれないから、一緒に探してくれる？」

「うん、いーよ！」

さて、とりあえず煙突がほしいというのは、これで忘れてくれるといいのだけど。

――んん？　さっき、さんださんって言ってなかった？

娘は腕まくりをして、クローゼットの前で待ち構えている。

その姿があまりにかわいくて、里桜はひとまずスマホを構えた。

§　§　§

「――ていうことがあってね。佳生里はどうやら煙突がほしいみたい」

「煙突って。家を買ってほしいってことかな」

帰宅した柊斗が、今日の昼間の出来事を聞いて真剣に考え込んだ。

「そこまでは望んでないんじゃないかな」

「でも、煙突はほしいんだよね。僕は娘の望むクリスマスプレゼントを準備できる父親でありたい」

「はい、落ち着いてね、柊斗さん」

彼の両肩を軽く揉《も》んで、里桜はそのまま柊斗の首に抱きついた。

「四歳の娘のおねだりに、家を買い与えるのはさすがにダメなパパだと思うの」

「じゃあ、里桜は？」

「え？」

「里桜は、何がほしい？」

「わたしは……」

急に言われても、特にほしいものは思いつかない。

柊斗は記念日やイベントを問わず、年中贈り物をしてくれる人だ。

彼のおかげで、ウォークインクローゼットは服とバッグとアクセサリーがいっぱいに詰まっている。

「すぐには思いつかないかも。考えていい？」

「もちろん。煙突かぶりじゃないといいんだけど」

「もう。煙突はいりません」

ふふ、と笑ってふたりは顔を見合わせた。

結婚してから五年。

娘の佳生里が生まれて、四年。

柊斗と里桜は、世田谷区砧のマンションに住みつづけている。

購入当時、新築の人気物件だった低層マンションには、未だに週に一回は『マンシヨン、お売りください』といったビラが郵便受けに入っていた。

――このマンション、気に入ってるから引っ越したくはないんだけど……

佳生里の部屋はあるのだが、もしも将来的にもうひとり子どもが生まれたら部屋が足りなくなるのだ。

女の子なら、ふたりでひと部屋を使ってもらうのも悪くない。

でも、もし男の子だったら？

小さいうちはいいかもしれないけれど、せいぜい小学校に上がる前までだろう。

――だとすると、煙突がほしいっていう佳生里のお願いはあながち我が家にとって見当違いではない、のかなあ。

「柊斗さんは、何がほしい？」

「僕のほしいものは、いつでも決まってるよ」

大きな手が里桜の頬に触れる。

ゆっくりと、ふたりの唇が重なった。

「ん……」

「好きだよ、里桜」

「あの、待って、ここ、リビングだから……」

「そうだね。ソファがあるから安心だ」

——それって、ほんとうに安心!?

当惑した里桜の耳に、廊下をぺたぺたと歩いてくる足音が聞こえてきた。

「柊斗さん、佳生里が」

「また起きちゃったか。——佳生里、大丈夫?」

廊下に続くドアを開けて、柊斗が娘を抱き上げる。

ここ最近、佳生里は夜に目を覚ましてしまうことが多い。

一カ月前に、自分のベッドがほしいと言われて子ども部屋に佳生里用のベッドを設置した。

まだ四歳なのに、ひとりで寝ると言われたときには驚いたけれど、普段の姿を見ていてもなかなかに独立心の強い子だ。

なんでも自分でやってみたいタイプ、といえばいいのだろうか。

——わたしは、小学校に入ってもお母さんと寝ていたなあ。

自分に似た部分もあるけれど、自分とはまったく違う、娘という存在に、里桜は何度も気づきをもらっている。

幼いころ、母は自分に関心がないものと思っていたが、振り返ってみれば母なりにきちんと接してくれていたところもあったのだ。

「パパ、かおりかんがえたの」

「うん、何を？」

「クリスマスのこと」

「佳生里は煙突がほしいんだって、ママから聞いたよ」

「あっ、それね、もういいの。いらなくなったの」

「どうして？」

「ミーチューブでね、いってた。げんだいのさんださんはえんとつのないおうちになれてる、って」

現代のさんださん。

完全に、ただの日本人になってしまっている。

「そっか、さんださん、ね」

その覚え間違いには、里桜も心当たりがあった。

実は自分も小さいころ、サンタさんをさんださんと呼んでいたのだ。

——これは遺伝じゃないよね。わたしが言い間違えて、佳生里がそれを覚えちゃったとかじゃないといいんだけど……

「だからね、さんださんにいもうとをおねがいするの」

「へえ、それはいい考えだね」

――柊斗さん!?

そもそも我が家のサンタ・クロースは柊斗だ。

その柊斗に、妹をリクエスト――

想像しただけで、里桜は頬が赤らむのを感じてしまう。

「じゃあ、パパがさんださんにお願いしておくよ」

「ほんと？　いいの？」

「うん、でも妹がおうちに来るまで、少し時間がかかるかもしれないけどいいかな？」

「いーよ！」

「よし、じゃあ、佳生里はもう一回ベッドに帰ろう。眠るまで、パパが隣にいようか？」

「んー、いーよ！」

「ふふ、それでは行きますか」

小さな娘と手をつないで、柊斗がリビングを出ていく。

最近、佳生里の周囲ではやっている返事が「いーよ」だ。

大人が「○○してもいい？」という尋ね方をする関係で、子どもたちは「いーよ」と返事をする。

それが幼稚園の流行らしかった。

「あっ、さんださん！」

ひとりリビングに残された里桜は、娘の間違いをまたも訂正しそこねている。

§　§　§

「かわいい、僕の里桜」

ベッドの中でキスを繰り返し、彼はなかなか寝かせてくれない。

娘が別の部屋で寝るようになってから、甘い夜の頻度が上がっている。

「ん……、もう寝ないと……」

「でも、クリスマスに妹がほしいって言ってたよね」

「そ、それは、その」

「結婚して五年も経つのに、里桜はこのくらいで照れちゃうところもかわいいよ」

「柊斗さん、そういえば佳生里がサンタさんのことをさんださんって……」

「ふふ、里桜とおそろいだね」

「もう！　柊斗さんが教えたの？」

「どうだったかな。そうかも」

「うう、余計なこと言わないの！」

「じゃあ、余計なことを言う口を、里桜の唇でふさいでくれる？」

「……したら、ちゃんと寝てね」

「いーよ」

娘の口癖を真似《まね》されて、ふたりはベッドの中でひそやかに笑い合う。

――そういえば、今月まだ来てない。遅れてるのかな。

「ん、んっ……」

「里桜、足りない。もっと――」

「柊斗さん、ダメだってば、あっ……」

§　§　§

そして迎えたクリスマス当日。

里桜と佳生里は、クリスマスケーキのデコレーションに取り組んでいた。

佳生里のリクエストで、イチゴのサンタ・クロースをたくさん作った。

ケーキのまわりに大量のサンタが並ぶと、かわいいともシュールとも言い難い。

「ママ、しゃしんとってー」

「はーい。かおちゃん、ほっぺにクリームついてるよ」

「え、どっち？」

「こっち」

イチゴのサンタをつまみ食いしたかわいい子は、クリームつきの写真も愛らしい。

「パパ、はやくかえってきてくれるかなあ」

「なるべく早く帰るって言ってたから、大丈夫じゃない？」

「もう、いつもそういってなかなかかえってこないんだから」

こなれた女のような口調に、思わず笑ってしまう。

さんださん問題は、先日説明して解決済だ。

ちなみに佳生里は、サンタ・クロースのことを日本人だと思っていたので、さんださんという名前に疑問はいだかなかったらしい。

「かおちゃん、靴下はベッドの横にかけたの？」

「うん。じゅんびした！」

妹は、靴下に入らないからダメだと説明すると、佳生里はお気に入りのゲームのぬいぐるみをリクエストしてきた。

無難なプレゼントに、里桜がほっとしたのは言うまでもない。

――妹か弟か、まだわからないし、ね。

「ただいま」

いつもよりだいぶ早い時間に、玄関ドアが開く。

「あっ、パパだ。おかえりなさーい」

佳生里が廊下を駆けていくのを、里桜も歩いて追いかける。

今夜、柊斗がサンタ任務を無事終えたら、里桜からのサプライズを伝える予定だ。

来年の夏には、家族がもうひとり増える。

柊斗の喜ぶ顔が、今から見えるような気がした。

「パパ、イチゴのサンタさんたくさんつくったの。みて！」

「お、ぜひ見せてもらいたいな」

「いーよ！」

染谷家のクリスマスは、明るい笑い声で満ちている。

来年も、再来年も、十年後もきっと。

あとがき

こんにちは、麻生ミカリです。

マーマレード文庫では四冊目となる『天敵のはずの完璧御曹司は、記憶喪失の身ごもり花嫁を生涯愛し尽くすと誓う』をお手にとっていただき、ありがとうございます。

今回は、大好きな記憶喪失ネタです。

ふと思い返してみたところ、わたしはわりと記憶喪失をテーマにした小説をよく書いていて、部分的記憶喪失とか記憶喪失のフリとかを含めると六冊くらい。年中、元気に記憶を失って生きてます！

そして、実は本作は生まれて初めて身ごもりものを書かせていただきました。

前から機会があったら書いてみようと思いつつ、なかなか手を出せずにいたジャンルだったので、緊張しながらのあとがきです。楽しんでいただけたら嬉しいです。

カバーイラストを担当くださった森白ろっか先生。このたびはステキなイラストをありがとうございます！　憧れていた森白先生とお仕事できるの、とっても嬉しいです。柊斗と里桜に命を吹き込んでいただき、ありがとうございました。

最後になりましたが、この本を読んでくださったあなたに最大級の感謝を。

この本が発売になる時期は、夏真っ盛りですね。皆さま、どうぞお体に気をつけてお過ごしください。わたしも今年は夏バテしないよう気をつけます。

またどこかでお会いできる日を願って。それでは。

二〇二三年　アイスコーヒーのおいしい昼下がりに

麻生ミカリ

マーマレード文庫

天敵のはずの完璧御曹司は、記憶喪失の
身ごもり花嫁を生涯愛し尽くすと誓う

2023年8月15日　第1刷発行　定価はカバーに表示してあります

著者　麻生ミカリ　©MIKARI ASOU 2023
発行人　鈴木幸辰
発行所　株式会社ハーパーコリンズ・ジャパン
東京都千代田区大手町1-5-1
電話　03-6269-2883（営業）
0570-008091（読者サービス係）
印刷・製本　中央精版印刷株式会社

ISBN-978-4-596-52270-2